그렇게 초등 엄마가 된다

그렇게 초등 엄마가 된다

초판 1쇄 인쇄 2018년 10월 1일
초판 1쇄 발행 2018년 10월 12일

지은이 이은경

펴낸이 김남전 | 기획부장 유다형
기획·책임편집 서선행 | 디자인 정란 | 일러스트 메모리레코드
마케팅 정상원 한웅 정용민 김건우 | 경영관리 김다운

펴낸곳 ㈜가나문화콘텐츠 | 출판 등록 2002년 2월 15일 제10-2308호
주소 경기도 고양시 덕양구 호원길 3-2
전화 02-717-5494(편집부) 02-332-7755(관리부) | 팩스 02-324-9944
홈페이지 www.ganapub.com | 이메일 admin@anigana.co.kr

ISBN 978-89-5736-983-8 03810

※ 이 도서의 국립중앙도서관 출판시도서목록(CIP)은 서지정보유통지원시스템 홈페이지(http://seoji.nl.go.kr)와
국가자료공동목록시스템(http://www.nl.go.kr/kolisnet)에서 이용하실 수 있습니다.(CIP제어번호: CIP2018029865)

가나출판사는 당신의 소중한 투고 원고를 기다립니다. 책 출간에 대한 기획이나 원고가 있으신 분은 이메일
ganapub1@naver.com으로 보내 주세요.

그렇게 초등 엄마가 된다

이은경
지음

어떤 날은 죽을 만큼 힘들고,
어떤 날은 죽을 만큼 행복하다!

연년생 초등 남매를 키우는
초등 교사 엄마의
리얼 환장 에세이

가나출판사

엄마가 되고,
내가 아는 모든 것이 달라졌다.

스물여덟이 되던 해 결혼이란 걸 했다. 부부교사라는 보기 좋은 수식어가 생겼고, 아이들도 뚝딱 생겼다. 연년생 아들들을 옆구리에 하나씩 끼고 어서어서 자라기만을 바랐다. 취직, 결혼, 임신과 출산까지. 내 인생은 이렇게 순탄하게 흘러가겠구나 생각했다. 둘째를 낳은 후 1년 휴직하고 복귀하려는 계획을 세웠다. 하지만 계획을 세우면 계획대로 되는 줄 알던 내 인생은 1년의 육아휴직이 끝날 때쯤 완전히 달라져 있었다.

둘째가 조금 이상했다. 먹여놓으면 잠만 잤다. 잠이 많은 아이겠거니 했는데 돌이 되어도 기지 않아 혹시나 싶어 병원을 찾았다. 갑상샘기능저하로 말미암은 지능저하, 발달지연 판정을 받았다. 예상하지 못한 결과를 받아든 나는 조금이라도 희망적인 소견을 듣고 싶어, 아이를 덜렁덜렁 매달고 알고 있는 대학병원을 모조리 찾아다녔다. 하지만 달라지는 건 없었다. 인생 계획 어디에도 없던 일이 불쑥 나타나 가족의 일상을 흔들었다. 이런 생활을 6년쯤 하게 되자, 나는 서서히 무너졌다. 이대로는 아이 걱정에 빠져 미치거나, 애들을 두고 홀연히 집을 뛰쳐나가거나 둘 중 하나는 하겠다 싶어 정신과 상담을 받고 우울증약을 꼬박 챙겨 먹었다. 비교적 약발이 잘 듣는 몸인지라 다행히도 우울증은 조금씩 호전되었다.

오랜 휴직 끝에 다시 초등학교 교실로 돌아갔다. 꽤 오랜만에 돌아간 교실은 그간의 시간이 무색할 만큼 변함이 없었다. 그런데 내가 많이 달라져 있었다. 아이를 키우고 복귀하니 교실의 아이들이 새삼스러워 보였다. 아이 한명 한명이 모두 누군가의 눈물 나게 사랑스러운 자식이겠구나 싶은 생각이 들었다. 아이들을 바라보는 이해의 폭이 넓어졌고, 걔 중 부족하고 느린 아이들이 있으면 눈에 밟혀 더 세세히 챙기게 되었다. 학부모인 엄마들도 달라 보였다. 그간 과하다고 생각해 이해할 수 없었던 학부모들의 관심, 욕심과 걱정, 기대와 하소연 하나하나가 절절히 와 닿기 시작했다. 그중에는 아이를 바지런히 잘 키우는 엄마도 있지만, 나처럼 우울해 보이는 엄마도 있고, 바빠서 아이를 제대로 챙기지 못한다는 생각에 죄책감을 갖는 엄마도 있었다. 교사로서 엄마로서, 다양한 시선으로 아이와 학부모를 진심으로 이해하게 되면서 자연스레 전보다 좀 더 괜찮은 교사가 되어 갔다. 뱃속 아기의 존재를 알게 된 때부터 초등학교에 들어선 지금까지 계속돼온 자식 걱정, 그 모든 시간을 똑같이 절절히 겪고 나서야 제대로 공감할 수 있게 된 것이다. 그들과 수다를 떨며 함께 위로하고, 위로받고 싶다. 그만하면 아이는 잘 자라고 있고, 우리는 엄마라는 역할을 잘해내고 있는 거라고. 그래서 먼저 내 얘기를 툭 털어놓으려 한다.

초등학교 저학년의 아이들은 유아도 아니고, 사춘기도 아닌 살짝 어정쩡한 단계다. 귀여우면서도 의젓하고, 다 키웠나 싶다가도 여전히 아기 같다. 학교라는 사회를 처음 경험하며 아이들은 규칙과 규범을 배우는데 그 과정이 적잖이 혼란스럽다. 그걸 지켜보는 엄마도 마찬가지. 엄마 눈엔 아직 아기 같은데 학교라는 곳에 보내려니 제대로 적응할 수 있을까 불안하기만 하다. 각자 다양한 사연으로 불안하다 보니 엄마들의 커뮤니티가 온라인, 오프라인으로 북적거리는 시절이기도 하다. 그렇게 부대끼며 마주했던 엄마들의 이야기를 담았다. 오늘도 학교에 보내놓고 잘 적응하는지 궁금하고, 징그럽게 말 안 듣는 이 녀석은 도대체 뭐가 되려는지 궁금한 엄마들이 이 책을 읽어주면 좋겠다. 더불어 내 아이를 가르치는 교사의 솔직한 속내도 함께 나누고 싶다. 초등학교 교사로 15년을 보냈으니 분명 아이의 학교생활과 엄마들의 정신 건강에 작은 도움이 되어 줄 거라 자신한다. 책이 나오면 주위 사람들에게 이렇게까지 솔직할 일이냐고 타박을 받겠지만 어쩌겠는가. 부디 이 책을 읽는 독자들이 '나만 그런 게 아니구나!'라는 공감과 작은 위로를 함께 받을 수 있길 간절히 바라본다.

이은경

•Contents•

Part 1

나는 초등 엄마이고

Part 2

15년 차 초등 교사이다

Part 3

나는 여성이며

Part 4

그리고, 이은경이다

★ Part 1 ★
나는 초등 엄마이고

외톨이에겐 친구 한 명이
끔찍하게 귀하다

어릴 때부터 인기가 없는 편이었다. 전혀 없는 건 아닌데, 없는 편인 건 확실하다. 인기 없는 사람에게는 인기 많은 사람이 겪지 못했을 속상한 일들이 좀 있다. 겪은 사람만 절절하게 알 수 있는데 막상 그것을 겪은 사람들끼리는 그 서글픔을 굳이 공유하지 않는다. 그래서 인기 없어 괴로운 건 세상에 나 하나인 것 같은 착각도 든다. 간혹 인기가 있는지 없는지 확실치 않은 경우가 있는데 또렷하게 인기가 있는 게 아니면 그냥 없다고 생각하면 된다. 당사자들은 인정하지 않겠지만 인기를 포기한 사람의 눈에는 잘 보인다.

인기가 없다는 것은 우리가 삶에서 만나는 다른 절망들과는 좀 다르다. 노력을 안 해서 못 가진 게 아니다. 노력을 해봐도 원하는 만큼 갖게 되지도 않는데 노력을 안 하면 더 안 좋아진다. 인기란 건 쉽지 않다. 얻으려 애쓴다고 생기는 것이 아니고, 한 번 가졌다고 영원한 것도 아니다. 연예인이 아닌 이상, 인기가 있다고 돈이 생기지도 않는다. 반대로 생각하면 인기가 없다고 해서 대단히 손해를 보거나 딱한 처지가 되는 건 아니라는 뜻인데 그래도 있었으면 좋겠다. 요상한 놈이다. 없어도 되는데, 그래도 갖고 싶다.

인기가 많았으면 좋겠다. 인기 있는 선생님이고픈데 쉽지가 않다. 그래서 인기 많은 옆 반 선생님이 늘 부럽다. 도대체 비결이 뭔가 궁금해 그 반 교실 창문 너머를 흘끔거리지만 뭐 하나 뚜렷이 찾아지지 않는다. 그걸 찾는 능력이 없으니 여태껏 인기가 없는가 싶기도 하지만.

하지만 모든 경험은 인생에 한 번쯤은 쓸모 있는 순간이 온다. 인기가 없어 정말 다행스러운 순간이 온 것이다. 둘째 아이의 고민은 반에서 친구들에게 인기가 너무 없다는 것인데, 거의 매일 긴 한숨을 쉬며 푸념을 한다. "휴우, 나도 인기 많으면 좋겠는데." 아이의 혼잣말에 마음이 시리다. 나를 닮았다. 아이가 인기가 없다는 말에 내가 더 풀이 죽는다. 나는 그 마음을 정말 잘 안다. 별것이 다 대물림된 것 같아 속상하다.

"엄청 속상하지? 엄마도 어렸을 때 인기 엄청 없었거든. 인기 있는 애들 되게 부럽더라. 그치. 도대체 애들은 왜 나를 안 좋아하는 거야. 인기 많은 애들은 진짜 좋을 것 같아. 아 부러워."

시린 마음을 숨기며 호들갑을 떨어댄다. 마음이 너무 시려 눈물이 날 것 같다. 꾹 참으며 웃는다. 그런 나를 보며 눈물이 그렁하던 아이의 눈이 슬며시 풀어진다. 눈물이 쏙 들어간다. 자기처럼 인기 없었고, 지금도 없지만 그럭저럭 멀쩡하게 사는 엄마를 보니 적잖이 안심이 되었나보다. 이 아이의 마음을 알아주기 위해 그렇게 지독하게도 인기가 없었나 보다. 아픔은 그것을 겪어본 사람의 말이 가장 위로가 된다. 학교 다닐 때 제법 인기가 있는 편이었다는 남편은 자격 미달이다. 반장 선거에 나가기만 하면 쉽게도 척척 반장이 되어오는 큰아이도 탈락이다. 그들의 위로는 둘째에게 닿지 못한 채 거실 어디쯤 적당히 돌다 튕겨 나간다. 애정은 담겼지만 공감이 없다. 둘째에게 필요한 건 '나처럼 인기 없는 사람'이다.

오랜만에 돌아간 직장에서 또 외톨이다. 예상은 했었지만 역시나 외톨이 생활은 쉽지 않다. 아닌 척, 괜찮은 척하며 지내지만 마음이 무너질 때가 많다. 내가 직장을 쉬고 아이들과 놀이터에서 보냈던 시간과 수고만큼 그들은 직장 안에서 친밀하고 단단한 관계가 되어 있었다. 담담해지고 의연해진 줄 알았는데 역시나 외톨이의 직장 생활은 만만치가 않다. 직장 동료라는 건 겉으로 보기에 유쾌하고 재미있고 기쁨도 어려움도 함께 나눌 것 같지만, 실상은 끊임없이 견제하고 판단하며 경계하는 사이다. 내게 이익이 되는 사람인지 아닌지를 확실히 구분 짓고, 확실치 않은 경우 말과 행동, 표정까지도 조심을 한다. 돌아올 화를 면하기 위한 예방책, 그러니까 이게 바로 처세술이다.

출근하고 한 달쯤 됐을까. 답답하고 외롭고 서글픈 마음에 둘째 아이를 붙잡고 하소연을 한 적이 있었다. 참 못났다.

"엄마는 요즘 학교에서 외톨이야. 친구가 하나도 없고, 놀 사람도 없고 심심해. 그래서 학교 다니기 싫어. 그래도 열심히 힘내서 다녀보려고. 어쩌면 친구가 생길 수도 있잖아. 그리고 친구가 없어도 즐겁게 다닐 방법을 연구 중이야. 우리, 외로워도 힘들어도 꼭 참고 이겨내 보자"

아이는 운전하는 내 옆에 앉아 듣는 둥 마는 둥 했다. 그런데 한 달도 훨씬 지난 어느 날, 아이가 불쑥 물어왔다.

"엄마, 이제 학교에 친구 생겼어?"

눈물이 나 목이 콱 메었다. 친구가 없어 외로울까 걱정해 주는 아이의 맘이 고마워 눈물이 났다. 한 달 넘게 더 다녀 봐도, 애써 이런저런 노력을 해봐도 마땅한 친구가 생기지 않더라는 얘기를 어찌 전해야 할까 몰라서 자꾸 눈물이 났다.

"너는 어때? 친구 생겼어?"

질문으로 대답을 대신한다.

"응, 현철이랑 친해."

아이에게 친구가 생겼다는 게 좋아 와락 눈물이 났다. 나는 이대로 외톨이어도 좋으니 아이가 현철이랑 오래오래 친구였으면 좋겠다. 외톨이에겐 친구 한 명이 끔찍하게 귀하다. 눈물 나게 사랑스러운 법이다.

나는 정말 현철이가 좋다.

외톨이에겐 친구 한 명이 끔찍하게 귀하다.
눈물 나게 사랑스러운 법이다.

'맘충면제쿠폰' 몇 장 발급해 주면 안 될까요?

나는 꽤 더럽다. 생긴 건 그렇게 안 생겼는데 하는 짓이 완전 더럽다. 쓰레기 더미 속에 살고 있다거나 일주일째 안 씻고 사는 그런 종류의 더러움은 아니다. 더러운 상황을 잘 견딘다는 뜻이다. 이것도 특기라면 특기다. 영유아 둘을 키우면서도 애들이 다 커버린 우리 집보다 깨끗함을 유지하며 사는 여동생은 우리 집에 올 때마다 한숨을 쉰다. 하고 싶은 말이 목구멍을 치고 올라오려 할 때는 한숨으로 대신한다. 잔소리를 한숨으로 대신해줘서 정말 고맙다. 여동생은 착한 아이다.

더러운 삶은 생각보다 편할 때가 많다(명백한 단점을 앞에 놓고 굳이 장점을 찾아서 합리화시키는 건 내 특기다). 아무래도 조금 수상하다 했더니 둘째 놈이 발달지연 판정을 받았다. 돌 때쯤이었다. 돌이 거의 다 되어도 배밀이를 하지 않아 데려간 대학병원에서 딱 잘라 차갑게 말했다. 당장 치료를 받아야 하고 발달이 많이 늦어졌으며 앞으로 발달 속도를 따라잡을 수 있을 거라는 장담은 못한다고 했다.

장애가 아니니 엄마가 인내하며 조금 더 신경써가며 길러내면 언젠가는 조금씩 따라잡을 수 있을 거라는 고마운 위로는 인터넷 댓글에서 간신히 찾았다. 어떤 병원에서도 이런 위로는 못 받았다. 비싼 특진비는 냈는데, 위로비는 안 내서 그런가보다. 진료 볼 때 위로 특진 뭐 이런 항목이 따로 있다면 좋겠다. 더 내고서라도 받고 싶은 게 대학병원 교수들의 한마디 위로니까.

어쨌든 아이는 점점 커간다. 무거워진다. 두 돌이 되어 가는데 걷질 못하고 기기 시작한다. 남자아이 뼈의 무게는 생각보다 묵직했다. 날로 무게가 늘어가는 아이를 두 돌이 다 되도록 아기 띠로 안고 다니니 꼿꼿하던 등이 구부정해져 버렸다. 육아 우울증의 클라이맥스를 향해 한참 오르던 중이었다. 밤에 잠들면서 내일이 오지 않기를 바랐던 날들이었는데, 바램과 달리 하루도 빠짐없이 내일이 왔다.

두 돌이 되어가던 걷지 못하는 아이와 세 돌이 지난, 큰 아이를 데리고 소아과에 갔다. 감기는 단 한 번도 혼자 왔다 가지 않는다. 기어이 나머지 한 명까지 누런 콧물을 질질 흘리고 열이 펄펄 끓어야 끝이 난다. 둘째는 걷지도 못하면서 고집은 세져서 유모차에 앉아 있지 않겠다고 난리를 친다. 아이 엄마라면 유모차에 앉아있기 싫다고 난리 치는 아이가 얼마나 부담스럽고 귀찮은지 알리라. 꺼내어 병원 소파에 앉혔더니 내려가겠다고 난리를 쳐댄다. 말리고 들어 안을 기력이 없다. 아기 띠로 들쳐 멜 힘도 없다. 그냥 두었다. 놀이방이 아닌 그냥 병원 바닥을 신나게 기어 다닌다. 맨손바닥으로 다다닥다다닥 온 병원을 기어 다니며 신이 났다. 그러지 말라고 하며 '지지!' 뭐 이렇게 손바닥을 톡톡 때리는 시늉이라도 해야 하는데 그럴 힘도 의욕도 없다. 날마다 아이를 들어 안고 닦이고 또 유모차에 앉히고 아기 띠에 두르고.

모르겠다. 난 모르겠다. 잡지를 펼쳐 들었다. 신나게 기어 다니며 병원을 들쑤시는 아이를 발견한 할머니 한 분께서 많이 놀라셨나 보다. 소리를 지르신다. 그렇게까지 소리를 지를 일인지는 지금도 의문이다.

"어머, 애 좀 봐. 애 엄마 없나 봐. 어떡해. 어떡해."

뭘 어떡합니까, 애 안 죽습니다. 엄마가 왜 없습니까, 아기 엄마 우먼센스 보고 있습니다. 엄마 없이 저놈이 여기 어떻게 왔겠습니까. 택시 타고 왔겠습니까. 애가 바닥을 기어다닌다고 해서 엄마가 없을 거라는 편견을 버리세요. 아이는 너무 무겁고 애 엄마는 아무리 쥐어짜도 더는 기운이 없어 아이를 안고 있지 못할 뿐입니다. 할머니의 호들갑을 못 들은 척하고 잡지에 빠져 있는데 마침 아이 이름이 불린다. 우먼센스 2월호를 퍽 소리 나게 덮고는 한창 기고 있는 아이를 오른팔로 덜렁 들어 옆구리에 끼우고 왼손으로는 큰 아이 손을 꼭 잡았다. 애 엄마 없다며 호들갑 떨던 그 할머니를 보고 싶지 않아 모르는 척 뒤도 안 돌아보고 진료실로 들어갔다. 우리의 뒷모습을 보고 있을 할머니의 표정이 상상이 된다. 저 여자는 필시 애들의 친엄마가 아니라 돈 받고 저따위 개판으로 일을 해재끼는 베이비시터라고 추측하고 있을지도 모르겠다.

공립 도서관에 근무하는 고등학교 친구가 있다. 내가 먼저 결혼해 아이를 낳았다. 애들과 도서관에 자주 가느냐는 친구의 물음에 애들 데리고 가서 책도 읽어주고 구연동화 모임도 참석한다고 자랑스레 답했다. 역시 너는 좋은 엄마가 될 줄 알았어, 라는 대답을 기대했다만 친구는 딱 잘라 말했다.

"야, 애들 데리고 도서관 가면 애들 좀 제발 조용히 시켜라. 자기 애들 떠들어도 가만두는 엄마들 때문에 아주 돌겠다. 애들한테 책 읽어줄 때 큰소리 내지 말고, 쫌."

직업 전선의 고단함이 절절히 묻어나는 일침 앞에 도서관 자주 다닌다고 말 한 걸 후회했다. 친구의 말에 지난날을 돌이켜보니 도서관 사서들이 싫어할 만한 행동을 자주 했었다. '맘충'이라는 단어가 없던 시절에 아이를 키운 게 다행이었다. 누구에게도 피해가지 않도록 집 밖에서만이라도 부지런하고 깨끗하고 살뜰하게 아이들을 챙겼어야 했는데, 애들도 건사하지 못할 만큼 지치고 피곤했다면 공공장소에는 가지 말았어야 했는데 말이다. 그런데 말입니다. 훌쩍거리며 누런 콧물을 흘려대는 두세 살 아이 둘을 데리고 혼자 택시를 불러 소아과에 다니고, 입장료 없는 동네도서관 밖에는 달리 갈 곳이 없었던 불쌍한 애 엄마에게는 '맘충면제쿠폰' 같은 거 몇 장 발급해주시면 안 될까요.

맥주잔과 닭 다리가 주는 위로

갑작스러운 소식을 들었다. 알고 지내던 동네 언니가 상을 당했다고 했다. 젊고 건강하시던 친정어머니께서 쓰러지셨는데 일주일 만에 돌아가셨다고. 직접 들은 건 아니었다.

소식을 전해준 다른 동네 언니 한 명을 주선자 삼아 엄마를 먼 곳으로 보내 드리고 온 그 언니를 불러냈다. 우리 동네 맛집으로 소문난 마늘통닭집으로 말이다. 상을 치르고 온 사람을 통닭집으로 불러내다니. 이럴 때 보면 나는 좀 모자란 사람 같다. 어쨌든 한걸음에 달려 나와 주었다.

슬픔에 잠겨있는 언니를 위해 통닭과 골뱅이무침을 주문

했다. "제가 쏠 테니 맛있게 드세요"라는 경우에 맞지 않는 말도 뱉었다. 도대체 이 메뉴로 언니를 어떻게 위로해야 할까 막막했다. 평소에 맥주를 즐기는 언니인지라 조심스레 맥주를 권했는데 흔쾌히 오케이 한다. 통닭도 좋고, 골뱅이무침도 좋단다. 생맥주는 어느덧 네 잔째. 문상도 못 가고, 조의금도 못 보내 미안해하며 눈치 보고 있는데 언니는 다행히도 맛나게 테이블 위를 싹싹 비운다.

"언니, 괜찮아요? 생각보다 괜찮으신 거 같아서 다행이긴 한데, 정말 괜찮은 건지 걱정돼서요."

바보 같은 질문. 질문을 뱉고 나니 당장 자리에서 일어나 집에 가고 싶어졌다. 부끄러워 고개를 팍 숙였다. 열흘 전에 친정엄마를 보낸 가여운 딸에게 이런 바보 같은 질문을 하다니. 당황한 듯 멈칫하더니 언니 눈이 반짝거린다. 안 그래도 유난히 큰 눈이 젖으려고 하니 나도 목이 좀 뜨거워지는 느낌이 들었다. 오른손에 맥주잔을, 왼손에 닭 다리를 들고 있던 언니가 괜찮다고 대답했다. 이 상황에서 안 괜찮다고 할 수는 없었을 거다. 맥주잔과 닭 다리를 든 손으로 "아니,

아직 많이 힘들어"라고 할 수 없지 않은가.

맥주와 치킨은 괜찮다고 말하게 한다. 치킨을 뜯으며 맥주를 마시면서 안 괜찮다고 하면 반칙이다. 어쩌면 나는 분명히 괜찮다고 대답할 수밖에 없는 상황을 미리 만들어 놓고 괜찮냐고 물어본 건지도 모르겠다. 만에 하나라도 안 괜찮다는 답을 듣게 되면 내가 어떻게 그 언니를 위로할 수 있을지 감당이 되지 않기 때문이다. 만약 오늘 우리 앞에 놓인 메뉴가 국밥이나 설렁탕, 갈비탕 혹은 따뜻한 아메리카노 한 잔처럼 감성적인 메뉴였다면 언니의 대답이 달랐을 수도 있었을 텐데. 그랬다면 한숨을 낮게 쉬며 숟가락을 잠시 멈추고 국밥이 담긴 뚝배기를 멍하니 바라보다가 "아직 많이 힘들지"라고 대답했을 수도 있다. 고요하고 서럽게 흘린 눈물방울이 커피잔에 빠졌을지도 모르고 말이다.

치킨은 그런 힘이 있다. 아무리 심각하고 무거운 고민도 치킨 앞에서는 가벼워진다. 해볼 만하고 해결할 만한 일이 된다. 그래서 속상한 일이 있거나 마음이 무거울 땐 치킨이 필요하다. 그런 치킨을 시켜 놓고 괜찮냐고 물어보고 괜찮다고 하니 괜찮은 거로 결론을 내려버리는 것이다. 나만의 방법이다. 심각하고 무거워지는 분위기가 느껴지면 도대체 이

상황을 어떻게 빠져나가야 할지 캄캄해져 버린다. 아예 그런 분위기가 되지 않도록 위험 요소들을 치워버린다. 어색하고 이상한 위로법이다. 난 분명히 위로했고 언니는 괜찮다고 했고 우리는 즐겁게 치킨과 골뱅이무침을 싹싹 먹어치웠다. 이걸로 그냥 슬쩍 넘어가야겠다. 정말 이상한 위로다. 하지만 내가 할 수 있는 최선의 위로다.

커피를 부어버리고 싶었던
정신과 상담

　발달이 늦어 재활치료를 받아야 하는 돌쟁이 둘째와 한
살 많은 형까지. 너무 버거웠다. 제정신을 잃고 미쳐갔다. 이
대로는 안 되겠다 싶어 동네 눈에 띄는 신경정신과에 들어
갔다. 나보다 열 살쯤 많아 보이는 여자 의사 선생님이었다.
미쳐가는 내 상황을 주절주절 털어놓다 보니 직업도 말하게
되었다.

　"저는 이래서 힘들고 저래서 미치겠고, 지금 진짜 다 버리
고 집을 나가 버리고 싶고 죽고 싶기도 하고, 제정신으로 숨
을 쉬기도 힘들고 너무너무 힘들어요. 주절주절주절… 초등

교사이고 육아휴직 중인데 이 정신으로 다시 학교에 나갈 수 있을까요. 정말 다시 원래의 제 모습으로 돌아가고 싶고, 정신 차리고 싶고, 살고 싶어요. 저의 상황에 우울증약을 먹는 게 도움이 될 수 있을까요. 흑흑흑"

몇 년간 참았던 서글픔이 터졌다. 눈물과 콧물이 벌건 얼굴 위에 범벅이 되었다. 여기는 병원이다. 위로를 받고, 문제를 풀어나갈 수 있는 열쇠를 얻게 되리라 기대했다. 그게 정답이든 아니든 말이다. 어떤 위로든 고맙게 받으리라는 마음뿐이었다. 애처로운 표정으로 가끔 고개를 끄덕이며 인내심 있게 얘기를 듣던 의사는 울음이 그치기를 기다려 입을 뗐다. 어떤 위로를 들려줄까 온 신경을 집중했다.

드디어 나온 첫 마디.

"교사시구나. 교사가 진짜 최고죠. 퇴근 시간도 빠르고 무엇보다 방학이 있잖아요. 연금도 나오고요. 너무너무 부러워요. 아이들 키우기에 교사만 한 직장이 없죠. 정말 좋으시겠어요"

순간 들고 있던 종이컵의 뜨거운 커피를 그녀 얼굴에 부어버리고 싶은 충동이 일었다. 이런 위로를 듣기 위해, 방학이 있으며 연금도 나온다는 기쁜 사실을 확인하기 위해 통

퉁 부은 눈에 선글라스를 끼고 여기까지 달려온 게 아니었다. 퇴근이 빠르고 방학이 있으며 연금이 나올 거라는 사실을 몰라서 그렇게 울고 있는 게 아니었다. 눈에 넣어도 아프지 않을 막내가 정상적으로 성장하기는 어려울 거라는 의사의 진단을 받았고 그 말에 무너져 버린 마음이 몇 년째 돌아오지 않아 너무 괴로워 인제 그만 죽어버리고 싶다는 얘기를 절절하게 하는 거였다. 눈물을 철철 흘리는 환자에게 부럽다는 말을 하는 이 사람이 의사라는 게 기가 막혔다. 동네의 신경정신과가 달랑 그거 하나라는 게 서글펐다. 하지만 멀리 있는 다른 병원을 수소문해서 찾아다닐 만한 시간도, 의욕도 없었기에 내가 살기 위해서는 이 사람을 계속 만나야만 했다. 일주일에 한 번씩 반드시 상담을 받을 것과 상의 없이 약을 끊으면 안 된다는 것에 대한 엄한 경고를 받았다. 살고 싶어서, 죽을 수 없어서 고분고분 따랐다.

신경정신과 의사를 몇 거쳐본 지금 와 생각해보면 그때 그 의사가 가장 별로였다. 그때만 해도 병원은 다들 그런 줄 알고 당연한 듯 병원을 계속 다녔었다. 다행이었던 것은 처방받은 약을 먹으니 신기하게도 단 삼 일 만에 우울감이 사라지고 편안해졌다는 것이다. 말씀은 그따위로 하면서 약은 귀신같이 잘 지어줬으니 능력이 있다고 해야 할지, 아니라고 해야 할지 잘 모르겠다. 그 후로도 상담 때면 한 번씩 "방학 땐 주로 뭘 하냐" 라거나 "연금은 몇 살부터 받느냐"는 등 본인의 궁금증을 해소하기 위한 질문을 했다. 때리고 싶을 만큼 미워하면서도 꼬박꼬박 그녀의 질문에 성실히 대답했다. 그러는 당신은 한 달 수입이 도대체 얼마며 의사라는 직업 덕분에 얼마나 많은 혜택을 누리고 사는지 설명해보라고 대들지 못했다.

이게 내 첫 번째 우울증 이야기다. 첫 번째라는 건 끝이 아니란 얘기다. 우울증은 눈병이나 발목 부상처럼 몇 주, 몇 달 안에 명확하게 끝나지 않는다. 잠시 틈을 보이면 슬그머니 재발해버리기 일쑤다. 그래도 그덕분에 글로 다른 이를 위로할 수 있는 작가가 되었으니 말할 수 없이 큰 행운이다.

우울증 앓았던 것을 주변에 숨기지 않았던 덕분에 인기를 좀 끌고 있다. 뭐 이런 것도 인기냐 할지 모르겠지만, 인기 없는 사람은 이런 것도 인기로 알고 산다. 어디도 털어놓지 못하고 끙끙 속을 썩다가 퉁퉁 부은 눈으로 찾아와 "어느 병원 다니느냐, 약 먹으면 정말 효과가 있더냐, 정신과 진료 기록이 남을 것 같은데 괜찮으냐, 상담비가 많이 비싸진 않느냐."를 묻는 주변인들이 많았다. 우울증 선배로 모셔주며 이것저것 물어오는 그들이 안쓰럽고 별 어이없는 종목이긴 하지만 선배 노릇 하고 있자니 우쭐하기도 하고, 그들에게 작은 도움이라도 줄 수 있다는 게 보람차기도 했다. 얼마나 겹겹이 곪아 터진 고민 끝에 찾아왔을지 훤히 알기에 그들의 첫 질문만 들어도 눈물이 후두두 쏟아진다. 얼마나 혼자 눈물을 흘리다 지푸라기 잡는 심정으로 나에게 왔는지 설명하지 않아도 절절히 알고 있기 때문이다.

달콤살벌한 초등 1학년
엄마들의 반 모임

엄마라면 절대 피해갈 수 없는 초등학교 1학년 반 모임. 부자 동네는 아닌데, 교육열이 시들하지도 않은 어느 동네의 초등학교. 아이는 입학했고, 학부모라는 호칭 하나가 추가됐다. 드디어 나도 반 모임이라는 곳에 가게 되는구나(근무하던 초등학교의 병설 유치원에 데리고 다니느라 유치원 반 모임에 끼질 못했기에 진심으로 설렜다). 오전 10시. 동네 스타벅스 2층이란다. 이 옷, 저 옷 몇 개를 걸치고서야 밝은 색 코트로 결정했지만 썩 맘에 들진 않았다. 반 모임을 위해 옷을 사는 것은 웃기겠지만 이렇게까지 마땅한 옷이 없을 줄은 또 몰랐다. 하이힐을 신기엔 과한 듯하고, 운동화를 신자니 초면에 키 작아 보일까 봐 그것도 별로다. 굽이 살짝 들어간 슬립온으로 마무리. 커피를 사 들고 올라갔는데 절반쯤 차 있다. 아, 이 어색한 분위기. 돌아가며 자기소개를 하란다. '이은경'이라는 내 이름은 어디에도 없다. 그 자리에 있는 어떤 엄마도 본인의 이름을 말하지 않는다. 나 역시 그 자리의 어떤 엄마의 이름도 궁금하지 않았다. 우리가 궁금한 건 저기 저 아줌마가 '누구의 엄마'인지일 뿐이다. 순서가 돌아오면 "규현이 엄마입니다. 이규현이에요."라고 확실하게 아이의 이름을 외치는 것으로 시작한다. 아이가 몇 번 말한 적 있는 친구의 이름이 어느 엄마 입에서 나오면 엄청 반갑다. 고등학교 이후 연락이 끊겼던 친구를 다시 만난 것보다 더 반가운 느낌이다. 전체 소개가 끝나면 앞으로의 반 모임은 어찌할지, 아이들 생일파티는 어찌 할지, 반 축구, 생활체육, 숲 체험, 스승의 날, 운동회까지 각종 학교 행사들에 우리 엄마들의 치맛바람을 어느 정도 날려볼지에 대한 깊은 의논을 한다. 반 모임의 목적이라 하겠다. 전체의 얘기가 끝나면 삼삼오오 가까이 앉은 엄마들끼리 어디 사는지, 동생은 있는지, 직장엔 다니는지, 유치원은 어디 다녔는지, 피아노 학원은 어디 보내고, 태권도는 몇 년을 보냈는지 시시콜콜한 정보 교환이 시작된다.

초기 반 모임 단계에선 자리 선정이 매우 중요한데, 운이 좋으면 옆자리의 엄마와 꽤 오랜 시간 단짝이 될 가능성이 높기 때문이다. 어색한 사이의 엄마들끼리는 학교 얘기만 한 게 없다. 하이라이트는 당연히 '우리 반 선생님'. 선생님 뒷담화를 하기 위해 모인 모임인가 싶을 만큼 적당히 어색한 엄마들끼리는 그만한 소재가 없다. 담임 칭찬이 오가기도 하지만 드물다. 사람끼리 친해지기 위해서는 다른 이를 함께 헐뜯는 시간의 양이 어느 정도 필요하다. 담임선생님은 엄마들끼리 친해지기 위해 꼭 필요한 존재다. 이해해주시길. 그렇게 상대 엄마의 성격, 대략의 성향, 상황이 파악되면 슬슬 시동이 걸린다. 시월드 배틀이 시작된다. 시댁에서 빌려 간 1억을 안 갚으면서 애들 내복 한 벌 안 사주시고 어버이날마다 내려와서 마늘을 심으라고 하셔서 온몸이 쑤셔 죽을 지경 정도면 상위권 가능성 있다. 그러면서 자식에게 빌린 돈으로 벤츠를 뽑아 타고 다니시기까지 한다면 사뿐히 1위 등극이다. 서로 얼마나 지독한 시월드에 시집갔는지를 얘기하다 보면 맥주잔이 정신없이 비워진다. 아직 어색한 사이에, 흠 잡히면 안 되는 사이기에 격렬한 리액션은 필수다. 쌍욕이라도 같이 해줄 것처럼 시월드로 하나가 되는 밤이다. 애들을 위해 마련한 자리에 엄마들이 친해지느라 정신이 없다. 교실이 아닌 곳에서 반 친구들을 만나 잔뜩 흥분한 아이들은 부상자가 속출한다. 우는 놈, 싸우는 놈, 욕하는 놈, 때리는 놈, 맞는 놈, 아픈 놈, 졸린 놈들이 각자의 엄마를 부르며 징징거린다. 아주 가끔은 자는 놈도 있다. 다른 엄마들에게 흠 잡히지 않으려 아이 단속시키고, 싸운 거 해결해주고, 아이들 끼니도 그럭저럭 해결시키고, 화장실에도 함께 다녀온다. 궁둥이 잠시 붙이고 커피 한 잔 마실 정신도 없는 시간. 그 와중에 계속되는 시월드 얘기에는 잊지 않고 과장된 리액션을 날려야 하고, 다른 집 아이의 큰 키와 똑 부러진 말투를 보며 영혼 없는 칭찬도 계속해야 한다. 헤어질 땐 더놀고 싶다며 나라 잃은 표정으로 울고불고하는 아이들을 잘달래 집까지 끌고 들어오는 미션도 남아 있다.

그저 두 시간짜리 반 모임에 다녀왔을 뿐인데 두들겨 맞은 것처럼 몸이 쑤시고 머리가 아프다. 진이 다 빠졌다. 출근하는 게 더 쉽겠다는 소리가 절로 나온다. 이렇게 영혼을 수십 번쯤 털리고 나면 함께 하고 싶은, 오래도록 의지하고 싶

은 몇이 남는다. 모임 때마다 거르고 걸러 결국 맞는 짝을 찾
는다. 연애도 아닌데, 연애만큼 힘든 프로세스인 건 분명하
다. 나 역시 그렇게 엄마의 의무를 다한 선물로 4년간의 반
모임에서 건져낸 보석 같은 아이 친구 엄마가 두 명 있고, 그
들과는 가끔 주말 밤 모임으로 회포를 푼다. 남자들은 죽었
다 깨나도 모를 반 모임의 징글징글한 추억이여. 휴우

방귀에 대한 고찰

 1학년 2반 29명의 아이들에게 가정통신문을 나누어 주는 중이었다. 종이를 들고 각 분단을 다니며 맨 앞에 앉은 아이에게 한 분단 친구들의 양만큼 건네면 나 한 장 갖고 뒤로 보내기가 일사불란하게 진행된다. 그런 날 중 하루였다. 하교 시간에 늦지 않으려면 서둘러야 했다.

 1분단의 맨 앞에는 현우와 준호가 있었다. 장난기 가득한 귀여운 남자아이들이다. 투덕대기도 하지만 소곤소곤 킥킥거리며 그런대로 사이가 좋다. 아이들이 뻗은 손바닥 위에 정확하게 1분단 아이들 숫자에 딱 맞는 8장의 통신문을 얹어

놓고는 바로 몇 걸음 옆의 2분단으로 향했다. 3분단, 4분단. 오케이 좋았어. 완벽해. 경력이 더해질수록 가정통신문 배부 속도와 정확도가 향상된다. 이렇게 오늘의 수업이 끝나는구나 싶은데 아이들의 높은 목소리가 들려온다. 무사히 집에 가나 했더니 또 시작이다. 소리를 높이며 화를 내는 아이들은 일단 가라앉혀야 한다. 심호흡으로 화를 진정시키고 차분히 자초지종을 묻는다. 사건 담당 형사가 되는 순간. 하루에도 열두 번쯤 형사가 됐다가 교사로 돌아온다. 오늘의 마지막 사건이길 바라며 물었다.

"현우야, 왜 화가 났니?"

"제가 방귀 안 뀠는데, 준호가 저보고 방귀 뀠었다고 똥냄새 난다고 자꾸만 뭐라 그래요."

"야, 니가 방귀 뀠잖아. 분명히 냄새 났단 말이야."

현우는 억울해하고 준호는 똥냄새가 너무 심하다며 둘다 화가 나서 씩씩거린다.

"준호야, 현우가 뀌지 않았다고 하면 믿어야지요. 그리고 현우가 뀠다는 확실한 증거가 없는데 친구를 의심하면 친구가 얼마나 속상하겠어요"

"선생님, 분명히 아까 우리 자리에서 똥냄새 많이 났단 말
이에요"

"이상하네, 갑자기 똥냄새가 왜 났을까, 잘못 맡은 건 아
닐까?"

잘못 듣는 일은 있어도 잘못 맡는 일은 없다. 코는 귀보다
훨씬 정확하고 예민하다. 똥냄새라, 똥냄새라. 아이들이 앉
았던 자리를 다시 보며 어떻게 해결해야 할지 머리를 굴렸
다. 두 아이의 억울하고 분한 표정과 아이들의 하교를 기다
리며 복도를 서성이는 엄마들의 그림자를 보니 마음이 급해
진다. 아차. 떠올랐다. 기억하지 못할 작은 일이었다. 아주 작
았던 그 일이 큰일이 되어버렸다.

그 방귀, 내 꺼였다. 나도 정말 몰랐다. 정확히 말하자면
그 방귀의 존재를 기억하지 못할 만큼 바쁜 상황이었다.

사건 경위는 이렇다. 불과 몇 분 전 나는 1분단 앞에, 그러
니까 현우와 준호 얼굴 바로 앞에 서서 가정통신문을 8장 세
어주고 돌아섰다. 바로 다음 2분단으로 갔다. 2분단에서도
똑같은 일을 하고, 3, 4분단까지 마무리 지었다. 여기서 잊고

있던 결정적인 순간. 1분단 앞에 서서 8장을 세던 몇 초 동안 제법 큰 방귀가 나왔고 하교 시간이 되어 들뜬 교실 안의 소란함에 그 소리를 나도 듣지 못했다. 바쁘고 시끄럽고 평범한 하교 시간이었다. 그럴 수밖에 없었다. 당장이라도 교실 밖으로 뛰쳐나갈 것처럼 뛰어다니는 1학년들을 두고 똥을 싸러도 아닌 고작 방귀 한 번 끼러 화장실에 다녀올 수는 없었다. 교실 방귀는 흔했다. 다만 칠판 앞이나 교사 책상 쪽에서 끼기 때문에 아이들이 맡을 수 없는 것들이었다. 그날따라 하필이면 아이들 있는 곳에서 나왔고, 그것이 또 하필이면 지독한 것이었다. 내 실수다. 적당한 소리와 냄새일 것으로 예상했고 그런 줄 알고 아무 일 없었던 듯 2분단을 향했던 것이다. 1분단에서 2분단으로 이동하던 중, 분단들 사이의 통로쯤이었다면 피해자가 생기지 않았을 작은 일이었다.

더 큰 잘못은 따로 있다. 끝내 고백하지 못했다. 그 방귀 내가 낀 거라고. 현우도 아니고 준호도 아니고 내가 낀 거라고 솔직하게 털어놓지 못했다.

"친구가 아니라고 하면 믿어주는 것이 친구예요. 방귀 낀 건 증거가 없기 때문에 함부로 친구를 의심하거나 놀리면 안 되겠지요? 왜 갑자기 똥냄새가 났는지 알 수 없지만 다른 이유가 있을 수 있으니 친구를 의심해서 속상하게 하면 안 돼요. 서로 사과하고 기분 풀기로 해요. 자, 서로 사과하고 악수하고 들어가세요."

　　교실의 아이들 앞에서 가르치는 대로 행동하지 않는 비겁한 나를 보는 일은 늘 괴롭다. 부끄럽다. 거짓말하지 말고 솔직하게 잘못을 시인하고 용서를 구해야 한다고 하루에도 수차례 가르친다. 교실의 아이들끼리 싸움이 일어날 때마다 되풀이하며 다짐을 받아냈다. 그렇게 살자고 아이들과 약속한다. 솔직하게 말하지 못하고 씩씩대는 아이들 앞에서 나는 아닌 척, 나만 바른 척 점잔을 떨어왔다. 아무리 바빠도 사람 얼굴 앞에서 방귀를 뀌는 행동은 절대 하지 말아야 했다. 그 방귀가 힘없는 것일 거라 확신한다 해도 그런 짓은 하지 말았어야 했다. 방귀의 소리와 냄새를 장담하는 건 교만이다. 화장실까지 가지 않아도 당장 교실 문을 열고 복도에만 살짝 나갔다 왔었더라도 아니, 두 발짝만 그들에게서 물러섰었더라도 현우와 준호가 씩씩거리며 싸울 일은 없었을 텐데 내 잘못이다.

잘못 듣는 일은 있어도 잘못 맡는 일은 없다.
코는 귀보다 훨씬 정확하고 예민하다.

다시는 만나고 싶지 않은 아이가 있다

초등학교 교사가 된 지 2년 차에 나는 6학년 담임을 맡았다. 짧은 경력은 많은 걸 말해준다. 그 당시의 나는 카리스마도 실력도 능력도 재미도 감동도 없이 오로지 열정뿐이었다. 아이들에게 내세울 게 없는 평범한 교사. 아이들은 귀신같이 안다. 수업 시간에 배운 건 잘 몰라도, 이런 건 참 잘 안다. 우리 담임은 완전 초짜인데 툭하면 불같이 화를 내고, 눈물도 잘 흘리며, 아이들 다루기에 서툴기 그지없다는 것을 일주일 만에 파악해버렸다. 초등학교 생활 6년 차인 베테랑 그들 앞에서 초등 교사 2년 차인 나는 모든 게 엉성했다. 능숙한 척 하려는 몸짓과 말투조차 어색했다. 아이들과의 관계가 꼬여갔다. 화를 냈다가, 웃으며 즐겁게 얘기하다가, 규칙을 정했다가, 고쳤다가, 다시 없앴다가, 다정했다가, 쌀쌀맞다가를 반복하는 기복 심한 담임과 탈 없이 잘 지내기란 사춘기가 시작된 6학년 아이들에게도 결코 쉽지 않은 일이었을 것이다.

그 남학생의 이름은 우진이었다. 뽀얀 얼굴에 눈동자가 유난히 까맸는데, 말보다 생각이 많았고 가끔 엉뚱한 얘기들을 툭툭 던지는 아이였다. 잘못해도 바로 시인하지 않고 입을 앙다물고 먼 산만 쳐다보는 그 아이의 반항적인 모습이 거슬렸다. 우진이와의 관계가 불편해지자 다른 아이들과도 부드럽지 못했다. 교실은 딱딱하게 얼어갔다. 우리 모두의 표정과 말투가 굳어져 갔다. 갈등의 골이 깊어져 출근하는 게 지옥이었다. 어서 이 아이들이 졸업하기만을 바라며 매일매일 달력 숫자에 엑스자를 그었다. 그날도 어김없이 우진이와 한바탕하는 중이었다. 교실 뒤에서 멱살을 잡고 싸우는 우진이를 간신히 떼놓고 숨을 돌렸다. 우진이는 분을 못 참고 또 덤비려 했고 나는 온 힘을 다해 싸움을 진정시키려고 애를 썼다. 이성을 잃은 6학년 남자아이는 힘이 무지하게 세다는 걸 알게 되었고 조심해야겠다는 다짐도 했다. 오늘 싸움을 벌인 아이들에게 어떤 벌을 줘야 하나 잠시 고민하는 중이었다. 나 때문에 더 이상의 공격을 할 수 없게 된 우진이가 분을 삭이지 못해 앞에 있던 의자를 발로 찼다. 정확히 내게로 찼다. 의자가 날아왔다. 원피스를 입고 있던 나의 맨다리에 그 의자가 맞았다. 딱딱한 의자 다리가 허벅지와 정강이를 찌르는 것 같았다. 날아오는 의자에 놀라 비명이 나왔지만 이를 악물고 참았다. 후들거리며 그대로 서 있었다. 주변을 둘러싸고 있던 반 아이들 시선 앞에 주저앉을 순 없었다. 맞지 않은 척, 아프지 않은 척, 우리 사이에 아무 일도 일어나지 않은 척을 하며 아픈 다리를 옮겨 자리로 돌아왔다. 우진이도 적잖이 놀란 눈치다. 정신을 차리고 자리에 앉았다. 내가 맞은 거로 그날의 소동은 일순간에 끝이 났다. 우진이의 분노는 뜻밖의 일로 조용히 가라앉았고 교실은 고요해졌다. 누구에게도 말하지 않았다. 말할 수 없었다. 교실의 아이에게 맞아 다리에 큰 멍이 들었고 그 때문에 이 더운 날 긴바지만 입고 다닌다는 말을 할 수 없었다. 누구든 붙잡고 쏟아놓고 싶었지만, 누구에게 말해도 부끄럽고 수치스러운 일일 뿐이었다. 조용히 마음에 묻기로 했다. 우진이는 잘못을 인정하는 듯한 온순한 표정과 행동으로 내 눈치를 살폈지만,

그에게는 어떤 처벌도 더해지지 않았다. 매일 아침 출근해 우진이의 까만 눈을 보는 건 말할 수 없는 고역이었지만 묵묵히 마음을 다스리려 애를 썼다. 인생이 긴급하게 성숙해지는 기회가 가끔 있는데 내겐 그날이 그랬다. 다스리기 어려운 분노와 절망, 실망, 억울함을 스스로 치유하려는 노력이 날마다 반복됐다.

그리고 몇 년이 흘렀다. 초짜 아가씨 선생은 뱃살 두둑한 베테랑 교사가 되었다. 복근에서 올라오는 카리스마 넘치는 목소리로 학급을 이끌고, 사춘기 아이들의 마음을 알아줄 줄도 아는 제법 능숙한 경력 교사가 된 것이다. 가끔 그때의 기억이 떠오르지만 애써 지웠다. 내가 꺼내지 않으면 누구도 알지 못할 나쁜 기억을 굳이 들출 필요는 없었다. 그때의 상처도 물론 희미하게 바랬고 그런 일이 없었던 것처럼 지내고 있었다.

불쑥 전화가 왔다. 그때 그 아이들을 졸업시킨 지 정확히 8년 만이었다. 육아휴직 중이었는데 아들 둘이 거실을 난장판으로 만들어놓고 좋다고 소리를 지르고 있었다. 모르는 번호라 받지 말까 잠시 고민했었다.

"선생님, 저 우진이에요. 기억하시죠? 저 선생님 진짜 보고 싶어요."

수화기 너머로 밝고 쾌활한 청년의 음성이 들려왔다. 반가움이 느껴지는 목소리에 만감이 교차했다.

"그럼, 기억하지. 잘 지냈니, 우진아?"

어떻게 너를 잊을 수 있겠니. 침착하게 통화를 마무리했다. 쿵쾅거림이 가라앉기까지는 한참의 시간이 필요했다.

그런데 우진아.

선생님도 사람이야. 약하고 약한 평범한 사람이야.

우진아, 우리 다시는 만나지 말자.

나는 네가 정말로 정말로 보고 싶지 않아.

네가 보고 싶어 하는 선생님이 겨우 이 정도라서 미안하다.

꺼내지 못한 말이 입에 계속 맴돌았다.

아이의 타고난 습성을 어찌할 것이냐

큰아이가 학교에 입학했고 떨리는 마음으로 첫 공개수업에 참석했다. 아이는 말과 글이 빨랐고 키도 컸다. 엄마들끼리는 내 자식이 말 빠르고 키 크면 최고다. 그런 아이였기에 공개수업을 앞두고 내심 기대가 컸다. 보란 듯이 발표도 잘하고 수업 태도도 멋지고 환한 표정으로 엄마를 향해 웃어줄 것만 같았다. 그 모습을 상상하며 공들여 화장하고 구두를 꺼내 신고 교실로 향했다.

선물 받은 비싼 셔츠를 아이에게 입혔는데 괜찮은 선택이었다. 키가 크니 앉은키도 크다. 바르고 꼿꼿한 자세로 앉아 있는 모습도 맘에 들었다. 유머가 뛰어난 담임선생님 덕분에 중간중간 폭소를 터뜨려가며 여유로운 마음으로 수업을 보고 있었다. 모범생이던 나를 닮아 수업 태도가 좋구나 싶어 우쭐했다. 발표를 못 하고 울음을 터뜨리는 아이도 있었고, 수업 내내 의자를 덜거덕 거리며 엉덩이를 뗐다 붙였다 어쩔 줄 몰라 하는 아이도 있었다. 초등학생이 된 지 두 달 남짓한 꼬맹이들의 수업은 사방이 지뢰밭이다. 그 전쟁통에도 굴하지 않고 선생님의 설명에 집중하는 아이를 보고 있는 엄마의 마음은 한없이 흐뭇하고 만족스러웠다. 집중력이 타고난 아이구나. 저녁에 남편을 만나면 아이의 공개 수업 모습을 자세히 설명하고 싶어 벌써 입술이 실룩였다. 하지만 그게 끝이 아니었다.

돌아가며 한 사람씩 장래 희망 발표를 하는 시간이었다. 난 또 기대감에 부풀었다. 큰 키만큼 큰 목소리와 자신감 넘치는 눈빛으로 기대에 부응해 줄 거라 믿었다. 그 모습을 본 다른 엄마들이 나를 부러워해 주길 바랬다. 그런데 그렇지 않았다. 아이는 귀까지 빨개진 딱딱하게 굳은 표정과 작은 목소리, 구부정한 자세로 쩔쩔매며 간신히 발표를 마치고 앉았다. 화가 났다. 도대체 왜 저렇게밖에 못하는 걸까. 아들 자랑 좀 하고 싶었는데 그냥 집에 가고 싶어졌다. 곧 수업이 끝났고 아이와 만났는데 웃음이 나오질 않는다. 속상한 심정을 들키지 않으려 노력했지만 충분히 어색했으리라. 엄마 눈치를 보는 아이에게 미안했지만 뭔가 모를 분한 마음으로 나도 속이 상했다. 터덜거리며 집에 돌아오는데 태몽처럼 또렷하게 떠오른 한 장면이 있었다. 수업 시간에 선생님께서 발표를 시키실 때마다 우는 건지 아닌지 알 수 없는 덜덜 떨리는 개미 목소리로 웅얼거리다 자리에 앉는 내 모습. 그러고 보니 나는 내내 그랬다. 고등학교, 심지어 대학교 때까지도 일어나 발표를 할 때면 목소리가 덜덜 떨리고 이가 달달 부딪혔다. 실은 지금도 그렇다. 아닌 척하지만 북 토크나 강연을 할 때면 첫 10분 정도는 긴장이 풀리지 않아 목소리가 가늘게 떨린다. 이 아이는 내 뱃속에서 나왔다. 이것만은 안 닮았으면 했는데 보란 듯이 빼닮아 있었다. 공개 수업 때 보여준 아이의 모습은 예전의 내 모습을 생각해보면 실상 대단히 우수한 편에 속했다.

가장 큰 위로이기도 칭찬이기도 때론 절망이기도 한 사실이 있는데, 아이의 어떤 특성을 보며 '타고난 거지'라는 인정을 하게 되는 순간이다. 마냥 자랑스럽고 흡족한 모습도 있지만 이것만큼은 제발 안 닮았으면 했는데 콕 집어 그걸 닮아 있는 모습도 있다. 그런 아이를 보고 있자면 정말이지 속이 뒤집어진다. 내 것만 그러면 덜 속상할 텐데, '남의 편'의 못난 점도 빼다 박아 낳았다는 게 가끔 불쑥 화를 돋운다. 다른 집도 사정은 비슷하다. 수학을 못 하는 부모 밑에 비슷한 아이들이 태어나 문제집 한 장 푸는데도 고성이 오가고, 네 식구가 나란히 돋보기안경을 쓰기도 한다.

"저놈 자식은 진득하게 앉아서 뭘 하질 않고 틈만 나면 남의 일에 참견하고 잔소리를 하며 시빗거리를 만든다."고 자식 걱정을 하던 엄마는 주변의 모든 일에 참견하고 잔소리를 하는 엄마들 사이에 유명한 싸움꾼이었다.

다들 그러냐 하면 그건 또 아니다. 반대도 있다. 반에서 글씨를 지독히 엉망으로 쓰던 아이의 엄마는 보기 드문 예쁜 글씨를 쓰고 있어 놀랄 때가 많고, 통통한 아이의 아빠가 모델 같은 체형으로 학교에 등장하기도 한다. 교사들이 아이 엄마들에게 가지기 쉬운 편견 중 가장 위험한 것이 있는데 '아이가 별로면 반드시 부모에게 문제가 있다'는 것이다. 대부분은 들어맞지만 그렇지 않은 경우도 있는데 편견에서 못 벗어나고 아이의 부족함을 부모의 잘못으로 돌릴 때가 많다.

나도 내 아이를 키우지 않았을 땐 누구보다 두껍고 진한 색 안경을 쓰고 있었음을 기억한다. 안경을 벗기 위해선 일상이 흔들릴 정도의 충격이 필요한데 이런 경험은 아주 가끔, 특별한 몇에게만 일어난다. 대부분은 어제 쓰던 그 안경을 오늘 아침에도 챙겨 쓰고 산다. 안경이 지나치게 진하다는 걸 눈치채지 못한 채로 하루를 지낸다. 가르친 대로, 원하는 대로 되지 않는 자식들을 키우며 속 끓이는 엄마가 되고서야 조금씩 렌즈의 색이 옅어져 간다. 이건 정말 대단한 일이다.

천기누설! 성적표 번역기

　전국 유, 초, 중, 고교 교사 글짓기 숙제인 학기말 성적표. 그중에서도 성적표의 핵이라 할 수 있는 맨 뒷장, 맨 아랫칸의 '종합 의견'에 대한 이야기다. 한 학기를 마무리하기 위해서는 반드시 이곳을 지나야 한다. 나처럼 글쓰기 좋아하는 교사도 성적표 시즌이 되면 마음이 묵직하다. 이것은 글쓰기 실력의 문제가 아니기 때문이다. 간혹 예능프로그램에 연예인들 초등 시절 성적표에 적힌 문장에 사람들은 웃는데 그 한 문장을 썼을 담임의 고심을 나는 안다. 한 줄 입력도 조심스러워 며칠을 고민하여 간신히 쓰고 마음에 걸려 또 고쳤으리라. 제출 직전까지도 다시 한번 더 읽고 고칠 곳을 찾았을 것이다. 한 아이의 생활, 학습, 인성을 종합하여 서너 줄로 압축시켜야 하는 고난도 글짓기다. 잘한 점은 칭찬해주고 부족한 점은 기분 나쁘지 않게 살짝 에둘러 표현해야 한다. 직설에 비해 간접 화법은 고민의 품이 몇 배는 든다. 꼭 고쳤으면 싶고 부모님이 꼭 아셨으면 하는 아쉬운 부분을 예민하지 않은 단어들로만 적어야 한다. 너무나 까다로운 원칙이다. 해가 갈수록 학교를 향한 곱지 않은 시선과 갖가지 민원들이 더해가니 교감, 교장 선생님은 당부를 하신다. 제발, 굳이 안 좋은 말은 기록하지 말라고. 그저 좋은 점을 있는 대로 찾아내 칭찬만 듬뿍 써주라고. 안 좋은 말을 기록하고 싶은 사람이 어디 있을까.

　아이의 모든 부분을 언급하기 어렵기 때문에 취할 것과 버릴 것을 선택해야 한다. 그래서 그 이름이 '종합의견'이다. 고쳤으면 싶은 점이 없는 흔히 말하는 '범생이'들의 종합의견은 칭찬 대잔치다. 쓰기 쉽다. 칭찬의 언어는 이래도 저래도 괜찮다. 칭찬은 직설적인 게 최고다. 술술 써진다. 쓰다 보면 더 쓰고 싶게 장점이 계속 생각난다. 세상 참 불공평하다. 어릴 때 그런 아이가 아니었던 나는, 그리고 그런 아이가 아닌 아이들을 키우고 있는 나는 지금도 교실 안의 그런 아이들이 부럽다. 반면, 고민거리를 던져주는 아이도 있다. 규칙을 자주 어기거나 버릇없는 행동으로 툭하면 꾸중을 듣는 아이들이 그렇다. 장점도 많지만 꼭 고쳤으면 하는 점이 있는데 이걸 그냥 넘어갈 순 없다. 이런 아이들에게도 칭찬 대잔치만 벌이는 건 무책임한 거다. 고치고 나아질 부분이 있다면 그걸 알리는 것이 교사의 의무다. 어떻게 알려야 지혜로울까. 어떻게 알려야 부모님이 척하고 알아차리실까. 그게 어렵다.

교사들끼리는 '성적표 번역기'가 따로 있어야 할 정도라며 직설적으로 쓰지 못하는 문장들에 대한 한스러움을 나눈다. 속뜻이 따로 있는 경우가 많기 때문이다. 지면을 빌어 간단히 성적표를 번역해보려 한다. 어디까지나 나의 경우이며, 오탈자 수정을 위해 성적표를 교환해 점검했던 같은 학년 선생님들의 경험에 바탕을 둔 것이다. 하지만 아랫글을 읽는 교사라면 누구든 '맞아맞아맞아'라며 끄덕거리리라. 종합의견 멘트에 담긴 속뜻은 우리 업계의 영업 비밀 같은 거라 공개가 조심스럽다. 그런데도 적어본다. 내가 글을 쓰고 책으로 엮어내는 이유는 누군가에게 아주 작은 도움이라도 되길

바라는 것이기에 자녀교육에 참고하시라는 마음에서 적어
본다. 이런 뜻이었구나, 웃고 넘어가 주시길.

감수성이 풍부하고 남다른 개성을 지녀 다른 사람에게 휩쓸리지
않고, 나름대로 정해진 원칙과 계획대로 행동하며, 설득력과 언
어 능력이 뛰어남

감동적인 영상을 볼 때 눈물을 흘리더라고요. 일기나 독서록
에 자기의 느낌을 풍부하게 쓰는 편이에요. 자기 고집이 있
고 주관이 뚜렷하여 하라는 대로 하기보다는 자기 마음대로
할 때가 많아요. 친구들에게 이것저것 하자고 먼저 제안을
해서 자기 뜻대로 결국 이루어내는 스타일이고요, 평소에 말
이 많은 편이에요. 또래보다 수준 높은 단어를 많이 알고 있
고 자기 의견을 논리적으로 말할 수 있습니다.

구체적인 자료를 학습에 활용할 줄 알고, 학습 문제에 대한 토의를
잘하며 학습과제를 성실하게 하고 바른 학습 태도로 수업에 임하
므로 전 교과 성취도가 높아 더 큰 발전이 기대됨

우리 반 최고의 범생이라는 뜻이에요. 학습 능력이 뛰어난
것은 물론이고 성실한 태도까지 매우 훌륭해요. 더 큰 발전

이 기대된다는 건 이 아이는 필히 뭘 해도 제대로 하겠다 싶은 뛰어난 아이라는 뜻이에요. 대단한 칭찬의 멘트입니다. 반에서 상위 두세 명 정도의 아이들에게만 적어주는 흠 없고 순결한 칭찬 전용 종합 의견이에요.

수학과 학습에 흥미를 느끼고 문제를 풀며 응용력과 수리력, 학습 사고력이 뛰어나고, 다른 친구들보다 많이 알고 있는 내용에 대해 자부심이 있어 수업 시간에 매우 활발하게 임함

수학을 잘하는 아이예요. 잘 하는 것에 대해 아는 척을 많이 해요. 한참 설명을 하고 있으면 '나 저거 아는데'라고 혼잣말을 하거나 '아, 너무 쉬워'라는 얄미운 소리를 하기도 해요. 수학 시간에 앞에 나와 대표로 풀거나 질문에 답하기를 매우 열심히 하는 아이죠. 반면 수학을 제외한 과목엔 흥미가 없거나 어려워하여 과목별 편차가 큰 편입니다.

또래 친구 사이에서는 별문제가 없지만, 학교와 학급 규칙을 잘 지키려는 태도와 웃어른의 올바른 지시를 받아들이는 자세가 부족함

친구들과는 잘 지내지만 규칙을 잘 어기고, 담임이 몇 번이나 반복해서 지도해도 그것을 가벼이 여겨 또 어기는 아이랍

니다. 혼내면 불만 가득한 표정을 짓기도 하고요, 반항적인 태도를 보입니다. 한마디로 좀 멋대로 하려고 하는 아이예요. 여간해서는 '부족하다'는 표현은 자제하는 편인데, 이렇게까지 쓰여있으면 여러 번 그런 모습을 보였다는 의미로 보시면 돼요.

언어 행동에 관한 학급 규칙을 어긴 적이 있으나 정해진 규칙에 의한 벌을 받고 자신의 잘못을 뉘우치고 올바른 언어 습관을 지니기 위해 노력하는 모습이 다른 친구들의 모범이 됨

나쁜 말을 일찌감치 배워 친구들에게 욕을 전파한 어린이입니다. 눈물 빠지게 혼이 났었고 안 하기로 약속했고 노력하고 있습니다. 부모님과 선생님 안 계신 곳에서 욕을 쓸 가능성이 있기 때문에 관심을 가지고 지켜봐 주세요.

평소 지각 및 학급 규칙을 지키지 않아 많이 지적받는 편임. 앞으로 규칙을 준수하는 태도를 함양한다면 모범적인 생활 태도를 가진 학생으로서의 변화가 기대되는 학생임

자꾸 지각하는데, 학교에 좀 빨리 챙겨 보내주세요. 게다가 복도에서 뛰어 다니고 교과서를 챙겨오지 않고 수업 시간 준

비도 잘 안 되는 편이에요. 거의 매일 꾸중을 듣지만 크게 나아지지 않고 있네요. '변화가 기대되는 학생'이라는 건 적어도 아직은 거의 나아진 게 없다는 뜻이라고 생각해도 좋습니다.

장난기가 많고 성격이 활발하여 친구들이 좋아하고 이에 따라 즐거운 학교생활을 하고 있으며, 새로운 일에 관심과 호기심이 많아 질문도 잘하며 전반적으로 외향적인 성격임

쾌활하고 웃음이 많으며 재미있는 아이라 친구들에게 인기가 많아요. 학급에 무슨 일이 생기면 절대 그냥 넘어가지 않고 알아내고자 하며, 항상 질문이 많은 아이예요. 언제나 시선을 집중시키는, 존재감이 아주 큰 아이랍니다. 친구들과 잘 지내고 본인도 즐겁게 학교생활을 해서 고맙지만, 질문이 너무 많아 버거울 때도 있어요.

학기 초 소극적인 태도로 인해 친구 관계 형성에 어려움이 있었으나 학급 전체 게임 활동 등을 통해 친구들과 많이 어울리는 모습을 볼 수 있었음. 보다 적극적이고 진솔한 자세로 친구들에게 다가간다면 교우 관계에 있어서 신망이 두터워질 것으로 기대됨

학기 초보다는 좀 나아졌지만, 여전히 친구들과 활발하게 잘

어울리지는 못하고 있어요. 혼자 지낼 때도 있고, 소수의 친구와 어울리는 정도입니다. 친구들과 친해지고 싶은 마음이 있다면 조금 더 적극적으로 움직일 필요가 있어요.

밝은 모습은 보는 이로 하여금 기분이 좋게 하는 특징을 지니고 있으나 장난이 조금은 있어 조절하는 힘이 필요함

한없이 해맑고 천진하여 귀엽긴 하지만 친구들에게 심한 장난을 치고 진지함이 부족합니다. 제 나이보다 좀 어린 편이에요. 장난을 적당히 하면 좋은데 심하게 할 때도 있습니다. 장난만 좀 적당히 하면 정말 귀엽고 예쁜 아이예요.

잊지 않고 또 슬금슬금 학기 말이 다가온다. 이런 시즌엔 종합 의견에 어떤 말을 적어주면 좋을까 하는 고민으로 교실의 아이들 얼굴을 바라보게 된다. 아이들 행동 하나하나, 했던 말들 하나하나가 예사로 보이지 않는다. 어떤 말이 이 아이를 훌쩍 자라게 도울까. 어떤 말이 이 아이를 키워낼 부모에게 적절한 도움이 될까. 써냈던 몇 권의 책보다 어려운 숙제다. 이번 학기, 내게 주어진 스물네 편의 글짓기 숙제를 무사히 완성하기 위해서는 달달한 아이스커피가 필요하겠다.

당신의 아이가 진실만을 말할까요?

.

교사로서 엄마들에게 당부하고 싶은 가장 중요한 원칙 두 가지를 꼽으라면 첫째는 아침밥을 먹여서 학교에 보내달라는 것이다. 아이가 아침을 먹지 않고 등교하면 교사도 아이도 오전 내내 힘들다. 제발 아이 배를 채워서 보내시길. 밥아니면 빵이라도, 떡이라도 좋으니 빈속으로만 보내지 마소서. 시리얼도 좋고 사과, 바나나도 좋으니 등굣길에 쥐어서라도 좀 먹여서 보내소서. 제발 제발.

두 번째는 '믿지 말라'는 거다. 내 자식 말을 의심하라는 거다. 초등학생이 된 아이는 학교를 마치고 와 참새처럼 종알거릴 것이다.

"엄마, 오늘 유진이라는 남자애가 예훈이라는 애한테 아무 이유 없이 돌멩이를 집어 던져서 팔에 피가 나서 응급실에 실려 갔어. 선생님들이 모여서 회의를 했는데 유진이 이제 학교폭력으로 신고당한대. 그리고 예훈이 입원해서 이제 학교 못 나온대. 우리 선생님이 이것 때문에 엄청 많이 화나서 오늘 우리 반 청소 30분 동안 했어, 아 힘들어. 엄마 아이스크림 사줘."

결론은 아이스크림. 아이의 사연에 귀와 눈이 번쩍한 엄마는 아이에게 몸과 마음을 조금 더 밀착한다. 이런 흥미진진하고 걱정스럽기도 하면서 결말이 궁금해지는 사건이라니.

"진짜? 피 많이 났어? 예훈이 엄마 학교 오셨어? 선생님이 뭐라고 하셨어? 예훈이 많이 울었어? 유진이는 원래 그렇게 친구를 많이 괴롭히는 아이야? 어느 병원에 갔을까?"

아이들의 정확하고 신속한 정보 전달에 단체 카톡방이 들썩거린다.

"들었어? 오늘 학교에서 난리 났었다며"

학교는 툭하면 난리가 나는 곳이다. 직장에 묶여 빅뉴스를 이제야 접하는 엄마들은 카톡 창을 떠나질 못한다. 소식을 선점한 엄마들의 주도하에 단숨에 수십 개의 카톡이 쌓인다. "어머 어머"라는 놀라움의 답글이 줄을 잇고 이 일이 이제 어떤 모습으로 전개될지에 관한 섣부른 추측들도 오간다. 아이가 전한 얘기들이 제각각임에도 이 순간만큼은 모든 엄마가 한마음이 된다. 뭉게뭉게 커진다. 발 없는 말이 최소 10킬로는 간다. 믿고 싶은 건 정확한 사실이 아니라, 조금 더 자극적인 뒷얘기들이고 유진이라는 아이의 됨됨이와 그 아이의 엄마에 관한 추측성 발언들이리라. 이런 경우엔 엄마가 직장을 다녀도 욕을 먹고 안 다니면 더한 욕을 먹는다.

'늘 정확하게 전달하는 야무진 우리 아이'의 말만 듣고 감정이 격양되어 교실로 찾아오거나 전화나 문자로 폭언을 퍼붓는 학부모는 늘 있었다. 하지만 그 수가 점점 늘어나고 있다는 게, 그 원인이 점점 더 소소한 일이라는 게 교사들을 절망케 한다.

'우리 애가 그러는데 오늘 학교에서 이런 일이 있었다고 하더라. 어쩜 그럴 수 있냐. 그래놓고 전화 한 통 없냐. 우리 아이는 없는 말은 절대 안 하는 아이다. 잘못 전했을 리가 없으니 해명을 해라.'

각목을 들고 교무실에 쳐들어와 책상을 내리치던 아빠

때문에 오들오들 떨어도 봤고, 칼을 들고 교장실에 들어가는 삼촌도 봤다. 복도를 지나던 길에 그 삼촌이랑 눈이 마주치고는 놀라서 경기하는 줄 알았다. 다행히 별일 없이 살아남아 지금껏 잘살고 있다. 학부모가 되고 보니 학교에서 교실에서 내 아이가 겪는 부당함이나 아쉬움, 담임선생님에 대한 서운함, 부적절하거나 교육적이지 않다고 생각되는 조치들이 생각보다 잦았다. 학교와 담임을 향한 엄마들의 원성에 이해되는 부분이 많았다. 그런데도 딱 한 가지 가장 중요한 원칙 한 가지는 지키려 애썼다. 지금 내 앞에서 얘기 하는 아이의 말을 모두 믿지는 않는 것. 아이의 눈으로 해석해버린 장면, 오가며 무심하게 들은 몇 마디 말을 아이의 눈높이로 종합하여 내린 결론을 엄마가 그대로 믿고 판단하는 것은 대단히 위험하다.

애들 싸움이 어른 싸움이 되고, 작은 일이 대형 사건이 되는 일은 퍽 쉬웠다. 순식간이다. 내 아이 말만 듣고 보면 세상 이렇게 억울하고 속상한 일이 없다. 애들 싸움으로 시작되어 결국 동네를 떠나기까지 하는 학부모들의 갈등을 10년 넘게 봐오다 보니 내 아이 말을 철석같이 믿어버리는 것이 얼마나 위험한지 절감했다. 아이들은 혼나지 않기 위해 본인의 잘못이나 실수를 제외한 채, 당한 부분에 대해서만 과장되게 말하기 쉽다(쓰고 보니 어른들도 마찬가지구나. 부부 싸움할 때 보면 이건 뭐 은폐와 과장과 억측 대잔치다. 사람은 다 그렇다. 재판정에 가보면 억울하지 않은 사람이 한 명도 없다지 않는가). 아이가 학교에서 있었던 피해당한 얘기를 지나치게 구구절절 늘어놓을수록 제발 의심하길 부탁드린다. 덩달아 흥분하여 아이 편만 드는 것이 진정으로 아이를 위한 일이 아니라는 걸 명심했으면 좋겠다. 아이 말만 듣고 흥분하여 항의하고 상대편 엄마에게 쏘아붙였다가 자기 아이가 유리한 대로 본인 잘못은 쏙 빼놓고 전한 게 드러나, 민망하게 사건을 마무리 짓는 엄마들을 숱하게 봐오고 있다. 그런 슬픈 일이 일어나지 않기를 바라며 두 번째 당부를 전한다. 이 글을 읽는 모든 엄마들이 꼭 마음에 새겼으면 좋겠다.

죽이고 싶도록 사랑스러운
아들 새끼들

화내지 않고 아들을 키우는 방법은 간단하다. 욕을 하면
된다. 쌍욕으로 키우면 무럭무럭 잘 자란다. 아들을 키운다
는 건, 태생부터 완전히 다른 종류의 인간인 우리 엄마들에
게는 인생의 바닥을 보게 하고 지옥을 경험케 하는 일이다.
아들 키우는 요령과 마음가짐에 대한 책들은 냈다 하면 화
제가 되며 웬만큼은 팔리는데, 그만큼 아들에 대한 고민을
안고 살아가는 엄마들이 많다는 뜻이다. 《아들 때문에 미쳐
버릴 것 같은 엄마들에게》, 《대한민국 엄마들의 가장 큰 고
민은 아들의 뇌》, 《엄마는 아들을 너무 모른다》, 《속 터지는

엄마, 억울해하는 아들》,《화내지 않고 내 아들 키우기》….
제목만 봐도 아들 엄마들이 눈물을 주룩 쏟아낼 것 같은 절
절함이 느껴지지 않는가. 책 읽을 시간도 여유도 없던 시절
임에도 너무 답답한 마음에 몇 권 사들여 꽂아놓았던 기억
이 난다. 나처럼 아들만 둘을 키우는 여동생네 가봐도 요즘
잘나가는 아들 키우는 법 책들이 제법 꽂혀 있다. 누가 시켜
서 이러는 게 아니다. 그만큼 극한 직업이다.

 딸 많은 집에서 전형적인 딸 노릇만 하던 내가 아들 둘의
엄마가 되었다. 어린 시절 우리 집엔 남성의 문화라는 게 없
었다. 아빠는 홀연히 나가 운동을 하고 돌아오셨고, 우리 세
자매는 틈만 나면 모여 앉아 선생님 놀이, 인형 놀이, 색칠
공부, 고무줄놀이에 하루가 짧았다. 여중, 여고를 졸업해 여
대 비스름한 교대까지 다니고 보니 남자라는 사람들이 너무
낯설었다. 큰아들이 건강하고 순하길래 할 만하다 싶었다.
둘을 낳는다면 얼른 또 낳아 같이 기를 욕심에 연년생을 바
랬고 그렇게 두 아들의 엄마가 되었다. 아들들을 남편의 양
손에 쥐어 남탕으로 밀어 넣는 유쾌한 상상을 하며 겁도 없
이 연년생 아들 둘 육아를 시작했다. 그때까지만 해도 나는
내가 그렇게 욕을 잘하는 사람인줄 몰랐다. 말했듯이 여성

문화에서 성장했고 새침하고 청순한 평범한 여자아이였으니까. 엄마들은 아이를 키우며 이전에 미처 몰랐던 자아를 찾게 되는데, 내 경우엔 찰진 욕이 그것이었다.

아들 새끼들이(말이 곱게 안 나와서 미안하지만 대체할 단어를 못 찾겠다. 아들 둘 이상은 아들 새끼들이라고 해야 한다. 인간이 아닐 수도 있다는 생각에서 자주 쓰는 단어다) 사고를 칠 때마다 나오는 욕을 참지 못하는 나를 보고 남편은 이해한다는 표정을 지으면서도 애들이 안쓰러워 조심스러운 제안을 했다.

"아직 좀 어리긴 하지만 차라리 어린이집에 보내면 어떨까. 선생님들은 그래도 직장이고 보는 눈이 있으니까 애들한테 쌍욕은 안 할 것 같은데…."

이런 제안마저도 조심스럽게 꺼내야 할 만큼 육아에 지쳐 이성을 잃어가는 중이었다.

운전 중이었는데 아이들은 차의 뒷문을 활짝 열고는 재밌다고 낄낄거린다. 둘이 손뼉을 치며 신나서 웃길래 뭔 일인가 뒤돌아봤다가 사고를 낼 뻔했다.

"야 이놈들아 빨리 닫아. 너희 진짜 뒤지려고 환장했어? 정신 못 차려, 이 새끼들아!!!!!!"

욕을 먹고도 문 열었던 게 재미있어 계속 깔깔거린다. 식식대며 분을 풀지 못한 나는 한창 일하고 있을 시간의 남편에게 전화해 아이들 욕을 퍼부었다. 아이들의 소행을 자세하고도 과장되게 전했고, 마무리는 항상 '어디서 이런 놈들이 나왔냐'였다. 이놈들은 또한 식탁의 반찬을 눈에 띄는 대로 집어 던졌다. 이들이 던진 멸치볶음을 찾아내기 위해 거실 바닥을 기어 다니다 보니 숨만 쉬어도 쌍욕이 터져 나왔다. 또 있다. 기분 좋게 놀러 간 에버랜드에서 바닥에 떨어져있는 팝콘을 뛰어다니며 주워 먹고 있다. 도저히 인간이라 할 수 없는 상태였다. 하루는 잘 있던 핸드폰이 갑자기 안 보이는데 아무리 뒤져도 집 안에서는 찾을 수가 없었다. 한 놈이 실실 웃고 있어 혹시나 해서 1층에 내려가 봤다. 우리 동 뒤쪽 바닥, 연못가에서 발견됐다. 당시 우리 집은 17층, 삼성의 기술력은 최고였다. 화가 나 어쩔 줄 모르던 나와는 다르게 핸드폰은 상처 하나 없이 멀끔하기만 했다. 올라오는 엘리베이터 안에서 낮은 목소리로 내가 아는 모든 욕을 했다. 혈압을 올리며 화를 내는 대신 낮고 단호한 목소리로 이를 악물고 욕 잔치를 했다. 혹시나 내가 엄마이고, 교사이고, 글 쓰는 사람이라는 이유로 내 욕이 빈약할 거라 생각하는가. 당시 내뱉던 욕들은 웬만한 건달이

나 고등학생들과 겨뤄도 지지 않을 수준이었다. 건달 영화에 등장하는 걸쭉한 욕들이 나의 것과 별반 다르지 않았다. 둘이서 생난리를 치다가 식탁 의자 다리 두 개를 부셔놓았고 몸싸움 끝에 베란다 유리가 위아래로 쩍 갈라졌다. 온종일 아들 새끼들의 사건, 사고에 시달리다가 남편이 퇴근하면 참았던 욕을 시작한다. 이럴 땐 내 아이가 아니다. 네 아이다. 이 문장이 나오면 남편은 긴장한다. 어떤 지도 조언이나 이견도 불허하다. 힘들었겠네, 고생 많았어. 라는 종류의 문장만 허용됐다. 남편은 그때의 나를 보며 과연 이 결혼을 유지 할 수 있을까 하는 생각을 했었다고 한다(생각을 행동으로 옮기지 않아준 것을 지금도 고맙게 생각한다). 그렇게 인내하며 키워낸 아들들이 훌륭하게 잘 자랐다며 훈훈하게 마무리하고 싶지만 바로 엊저녁에도 도서관 책장에서 만화책 한 권을 슬쩍 들고나온 놈 때문에 쌍욕을 했다. 물론 매도 들었다. 아. 한 가지 덧붙이고 싶은 이야기. 학교에서 혼나고 왔다길래 무슨 잘못을 했냐고 하니 씩 웃으며 털어놓는다.

"시훈이가 나한테 자꾸 뭐라 그래서 내가 시훈이한테 새끼라고 했어."

욕을 그만해야 할까. 고민이다.

★ *Part 2* ★

15년 차 초등 교사이다

나의 슬픔이 당신에겐 위로인가요?

　　발달이 온전치 않은 아이를 키우는 일은 그만한 그릇이
되지 못하는 내게 벅찬 일이었다. 끊임없이 힘들었다. 한숨
돌릴 새도 없이 나쁜 일, 안 좋은 소식만 계속되었고 몸도 맘
도 병들어갔다. 아이에 대해 조금이라도 더 희망적인 소견
을 듣기 위해 먼 길을 찾아간 병원에서 절망적인 얘기들밖
에 들을 수 없을 때는 다리의 힘이 탁탁 풀리기도 했다. 덤덤
한 척 듣고 있었지만 누가 칼로 휘젓는 것처럼 아팠다. 밤이
되면 울었다. 울다 보면 눈이 붓고 피곤해져서 잠이 잘 오니
까 마냥 나쁘기만 한 건 아니었다. 아침이 되어 눈을 뜰 때가

하루 중 가장 괴로웠다. 또 하루가 시작됐구나, 오늘은 얼마나 더 힘들까. 갖은 검사와 치료를 위해 큰돈이 끊임없이 들어갔고 한 끼 사 먹을 여유도 없어 늘 볶음밥을 싸갖고 다녔다. 다이어트 없이도 살이 쭉쭉 빠졌다. 커피 한 잔도 마음이 불편해 안 먹고 참던 시절이었다.

그때 내 곁엔 좋은 사람들이 참 많았다. 그들은 내 딱한 모습에 함께 울어주고, 기도해주고, 위로해주고, 밥도 사주고, 커피도 사주고, 병원비에 보태라고 돈도 주었다. 아이 사정을 알게 된 모든 분들로부터 넘치도록 따뜻한 위로를 받았다. 그 힘으로 버텼다. 어려운 상황이지만 주변에 소중한 분들이 있음에 늘 감사했다. 우리 가족은 10년이란 시간 동안 주변에 그런 존재였다. 그들도 우리도 늘 그게 당연한 것 같았다. 그런 컴컴한 터널 같은 시간 중 처음으로 딱 한 번 좋은 일이 있었다. 우울함을 이겨내 보려고 틈틈이 썼던 글들이 한 권의 책이 되어 세상에 나온 것이다. 기쁨과 신기함에 들떠 주변의 고마운 분들, 친구들에게 소식을 알리고 감사 인사를 전했다. 늘 우울하고 힘든 소식만 전하고 살았기에, 좋은 종류의 소식을 전할 수 있다는 게 뿌듯했다. 나를 걱정해주시던 분들이 이걸 알면 얼마나 기뻐해 주실까 생각하니 실실 웃음이 났다. 그때의 나는 순진했다. 하지만 그들 중 많은 이들이 이제 내 곁에 없다. 책 한 권으로 그나마도 넓지 않던 인간관계가 정확하게 정리됐다. 책을 읽고는 책 속의 내용을 지적하며 모진 말로 깎아내리며 무시하는 사람도 있었고, 책의 존재를 부정하는 듯 아예 무반응으로 일관하는 사람도 있었다. 한턱 크게 쏘라며 등을 떠미는 사람은 부지기수였고, 비아냥거리며 마음을 후벼 파는 사람도 적지 않았다. 누구나 할 수 있는 얘기를 썼을 뿐인데 요즘은 너도 나도 다 책을 내는 게 유행인가보다는 얘기를 내 눈을 보며 말하는 사람도 있었다. 그렇게 내 이름의 책을 한 권 얻었고, 작가라는 호칭이 생겼고, 사람 여럿을 잃었다.

실상은 내가 그들의 팍팍한 삶에 위로였나 보다. 나도 힘들긴 하지만, 은경이보다는 낫지 않나. 우리 애가 힘들게 하긴 하지만 저 집의 저 아이에 비하면 엄청나게 멀쩡한 편이지, 더 힘든 저 엄마도 저렇게 살아보겠다고 애쓰는데, 나는 이만한 일로 힘들어하면 안 되지, 힘들어도 아자아자, 파이팅! 이런 일기를 쓰며 마음을 다잡기 위해서는 이은경이라는 존재가 필요했었나 보다. 아이 때문에 힘들어질 때 떠올릴 규민이 엄마라는 사람이 필요했던 거였다. 이제 더 우울해하고 힘들어하는 은경이 모습을 볼 수 없게 된 그들은 더 힘들어 보이는 누군가를 찾아 떠났다. 그들은 힘들어 날마다 눈물 바람 하는 더욱 불쌍한 누군가를 위로하며 그보다는 나은 본인들의 삶에 감사하며 살아가고 있을 것이다. 그 불쌍한 누군가에게 이은경처럼 갑작스레 좋은 일은 생기지 않기를 바라면서.

교사의 최선에는 한계가 있더라

득규는 지금 스물 일곱 살일 것이다. 군대는 다녀왔겠지. 어떤 일을 하며 살아가고 있으려나. 보고 싶다. 싱긋 웃을 때면 입이 양쪽으로 한없이 넓어지던 열두 살 아이.

마음이 아픈 아이였다. 초점 없는 눈빛과 무표정한 얼굴, 검은색 야구 모자를 푹 눌러쓰고 다녔다. 땀이 많은 남자 아이들이 반소매로 갈아입기 시작하는 4월 말이 되도록 두꺼운 겨울 잠바를 벗지 않았다. 스물다섯 살의 초짜 담임은 그때야 득규가 조금 다르단 걸 눈치 챘다. 학기 초에 훑었던 가정환경조사서를 다시 폈다. 평범했다. 주의 깊게 보는 건 한

부모 가정인지, 기초생활수급자인지 어린 시절의 특별한 질병이 있는지 정도인데, 모든 게 평범했다. 그런데도 좀처럼 잠바를 벗지 않았고 눈 마주치기를 거부했다. 엄마가 끝내 전화를 받지 않아 득규 아빠께 전화를 걸었다. 주저하시던 득규의 아빠는 담담히 "애들 엄마가 집을 나가버렸다"는 말씀을 꺼내셨고 뭐라 답해야 할지 모르는 나는 서둘러 "죄송하다"는 인사를 드리고 끊었다. 잘못한 게 없는데 마냥 죄송했다.

퇴근하고 득규네 집에 갔다. 누나가 있다고 적혀 있었다. 다행. 득규와 단둘이 앉아서 어떤 얘기를 나눠야 할지 막막하던 중이었으니.

중학생 누나와 득규가 컴컴한 반지하 방에서 라면을 먹고 있었다. 설거지통에는 먹고 난 그릇들이 어지럽게 쌓여 있었다. 사 들고 간 떡볶이를 상 위에 펼쳐 놓고 셋이 나란히 앉았다. 다행히도 누나는 싹싹하고 붙임성이 좋았다. 우리는 득규의 눈치를 보며 살살 수다를 이어갔다. 그렇게 매일 득규네 집으로 퇴근했다. 어느 날은 아이스크림도 샀고 단팥빵과 소보루빵을 섞기도 했다. 함께 라면을 삶았고 라면이 지겨우면 짜파게티를 골랐다. 밥도 반찬도 할 줄 모르는 내가 남매를 위해 할 수 있는 건 다양한 브랜드의 라면을 사 들고 가 함께 먹는 것뿐이었다. 내가 설거지를 할 동안 누나와 동생은 그냥 앉아 있기 민망한지 집을 치우는 시늉을 했다. 어느 날은 퇴근을 빨리하신 득규의 아빠와 함께 넷이서 라면을 먹기도 했다. 그렇게 시간이 흐르면 득규가 모자를 벗거나 잠바를 벗을 거라고 기대했다. 무표정한 그 얼굴에 엷은 미소가 돌지 않을까 기대했다. 그것 말고 어떤 걸 더 해야 할지 몰랐다는 게 정확한 심정이었다.

하지만 득규는 조금도 변하지 않았다. 한여름이 되었지만 여전히 겨울부터 봤던 그 잠바를 입은 채였고 한 번도 빨지 않았을 것이 분명한 검은색 야구 모자를 잠시도 벗지 않았다. 처음부터 그랬듯 무표정한 그 얼굴엔 결국 아무 일도 일어나지 않았다. 내가 이렇게 노력하면 아이가 변할 거라고 기대했는데 나도 슬금슬금 지쳐갔다. '이 고된 일을 계속한다 해도 득규가 달라지긴 어려울 거야.'라는 말로 합리화했다. 득규는 틈만 나면 반 아이들과 격렬하게 싸움을 했고 어느 날은 커터칼로 자기 손등을 찍기도 했다. 싸움에서 한 번도 진 적이 없는 득규는 불리하다 싶으면 가방에서 커터칼을 꺼내 들었다. 칼을 못 가져오게 하려고 필통 검사를 열심히 했는데 버젓이 가방 깊숙한 곳에서 나왔다. 옆 반의 남자 선생님께 달려가 득규를 말려달라는 부탁을 하며 덜덜 떨었다. 그렇게 전쟁 같은 한 해가 끝나가고 있었다. 얼마나 지치고 시달렸던지 더는 출근하기 힘들어 고민 끝에 터키에 있는 한글학교에서 근무할 기회를 잡아 아주 멀리 떠났다.

발령 동기들이 여전히 근무하고 있는 학교에서는 이런저런 소식이 들려오곤 했다. 터키에서의 1년을 마무리할 때쯤 들려온 반가운 소식. 득규가 생글생글 웃으며 학교에 찾아왔단다. 득규는 환하고 자신감 넘치는 표정으로 학교에 찾아왔고 그 모습을 본 동기들은 득달같이 내게 소식을 전해주었다. 득규는 예전 어둡고 우울했던 모습이 아니라고 했다. 환하고 여유 있는 표정으로 찾아왔단다. 환한 표정에 놀란 옆 반 담임들의 질문에 '엄마가 돌아오셨다'고 했다고 했다. 엄마가 돌아오셨다. 득규의 엄마가 돌아오셨다. 득규는 매일 쓰던 모자를 벗었고 입을 벌리며 소리 내어 웃었고 더는 눈을 치켜뜨지 않는다고 했다. 엄마 덕분이라 했다. 좋아하고 축하해줄 일인데 마음이 좀 이상했다. 득규는 이제 정말 행복할 텐데 나는 마음이 이상했다.

터키로 오기 전 나는 자려고 누워서도 득규를 위해 뭘

더 해줄 수 있을까, 어떤 수다를 떨어야 마지못해 웃는 웃음이라도 볼 수 있을까 고민했었다. 내 노력으로 득규가 조금이라도 누그러지고 따뜻해지기를 바랐다. 그렇게 되면, 모두 내 도움이었노라고 자랑하고 싶었다. 그 옛적 프로그램인 〈TV는 사랑을 싣고〉 출연까지는 아니지만 그래도 한 사람의 인생 한구석에 헌신적인 참스승으로 남고 싶은 욕심이 있었다. 교사의 헌신적인 수고와 노력이면 아무리 깨어진 가정의 아이라도 변화될 수 있다는 것을 보여주고 싶었다. 하지만 아무것도 바라던 대로 되지 않았고 공들인 어떤 것도 자랑할 만한 결과를 주지 않았다. 내 노력이 결과적으론 아무것도 아니었구나, 라는 것을 인정해야 할 때의 무력감이란. 내 노력과 시간과 헌신들이 모두 헛되지는 않았을 거라 스스로 위안도 하지만 크게 배운 한 가지. 아이의 성장에 가정이, 그리고 엄마라는 존재가 얼마나 중요하고 치명적인가. 그 무게를 배웠다. 무게가 그대로 내게 와 나를 눌렀다. 철없던 시절이었지만 진지하게 다짐한 것 한 가지는 '절대 아이들을 두고 집을 나가버리지 말자'였고, 아이를 낳아 기르는 지금까지 그 결심을 실천에 옮기며 살고 있다.

그리고 또 한 가지의 결심. 교사로서의 나의 노력으로 아이가 변화되길 너무 많이 기대하지는 말자. 노력은 하되 욕심부리지 말자. 한두 해 하고 끝낼 일이 아니기에 평생의 호흡으로 가야 하기에 모든 일에 지나치게 기대하고 실망을 반복하지 말자는 것이다.

아이의 성장에 가정이,
그리고 엄마라는 존재는
얼마나 중요하고 치명적인가.

학교마다 반 편성 원칙이 있다

"선생님, 차현이랑 꼭 다른 반 되게 해주세요. 그리고 혹시 가능하시면 미영이랑 같은 반으로 해주실 수 있을까요?"

"노력해보겠습니다만, 확답은 드리기 어렵습니다. 저 혼자 결정할 수 있는 부분이 아니고 학부모님께서 요구하신다고 해서 모두 들어드릴 수는 없거든요. 반 편성에 최대한 반영해보도록 하겠습니다."

"네… 꼭 좀 부탁드리겠습니다."

슬쩍 부탁이 접수된다. 엄마들의 요청이다. 이해한다. 실은 나도 아이 담임선생님께 개별적인 요청을 드린 적이 있다. 학교폭력예방을 위한 긍정적인 취지로 해석하여 어느 정도 합당한 수준의 요구는 편성에 반영해주신다. 하지만 여러 이유로 그렇지 못한 경우도 상당히 된다.

새로운 학년의 반편성 시즌이 되면 너도나도 분주해진다. '잘 섞어야 하는' 담임의 업무와 '잘 섞이길 바라는' 엄마의 희망 사항들이 가로세로, 대각선으로 복잡하게 엉킨다. 물론 원칙은 있다. 가능하면 원칙대로 배정하고 끝내고 싶은 것이 업무를 맡은 이들의 바람이지만 원칙을 넘어서는 예외는 언제나 있으며 예외의 범위를 어디까지 인정할 것이냐의 갈림길에서 고민을 반복한다. 이렇게 최선을 다해 섞었는데도 잘 섞이지 않는다는 게 늘 신기하고 속상하다. 막상 새 학년이 되어 아이들을 한 교실에 앉혀놓고 알아가다 보면 아차 싶은 조합들이 눈에 띄지만 돌이키긴 늦었다. '뭐 피하다가 뭐 만나는' 경우들이 가장 안타깝다. 애써 떼어놨는데 더한 상대와 만나 1년간 허구한 날 싸움박질과 고자질을 일삼는 아이들을 볼 때의 안쓰러움이란. 물론 같은 반이 아니어도 그들은 복도에서 운동장에서 충분히 만날 만한 상대들이지만 최소한 교실에서, 수업 시간에 맞붙을 확률은 줄일 수 있었을 텐데. 그게 가장 아쉽다. 열심히 섞었음에도 희한하게 어느 학년이나 '몰려있는' 반이 있으며 그 반을 뽑은 담임은 1년간 홍삼을 먹어가며 반 아이들 단속에 혼신의 에너지를 쏟아부을 수밖에 없다.

다른 원칙이 있는지는 모르겠지만 내가 가진 경력 아래서의 반 편성 원칙을 잠시 소개하겠다. 일단 반 전체 아이들을 성적순으로 세운다. 1년간 봐온 각종 평가의 점수를 바탕으로 성적순을 매긴다. 그 순서대로 가, 나, 다, 라로 불리는 새 학년의 학급에 한 명씩 배치한다. 이럴 경우 가반에 1등 친구들이 모이는 것을 막기 위해 1반은 가반부터, 2반은 나반, 3반은 다반부터 1등을 순서대로 한 명씩 배열한다. 때로는 이 순서를 완전히 거꾸로 하는 학교도 있다. 그래서 1, 2, 3, 4반은 가, 나, 다, 라로 섞이게 되고 이 명단을 들고 학년 선생님들의 고뇌와 협의가 시작된다. 명단에는 이미 몇 가지 정보가 포함되어 있다. '학급 임원', '학습부진', '심각한 주의력 결핍', '폭력적임'과 같은 유난한 특성이 있거나 새 학년 담임의 특별한 관심이 필요한 아이들에 관한 정보다. '폭력적'인 아이들이 같은 반에 몰려 있다면 다른 반에 있는 순둥이들과 교체되고, 이럴 때는 교체되는 아이들 둘의 성적이 비슷하도록 균형을 맞춘다. 학급 임원을 했던 아이들이 한 반으로 너무 몰려 있으면 이것도 조정 대상이 될 때가 있다. 꼭 떼어 놓아야 하는 아이들을 체크하여 교체하고, 같은 반으로 편성해야 하는 아이들은 한 곳으로 모은다. 이런 작업 중에 어쩔 수 없이 부모의 요구에 반하는 편성이 꼭 섞이게 마련이다. 바꾸고 또 바꾸고, 섞고 다시 섞고를 반복한 장고의 노력 끝에 반이 완성되면 새 학기를 준비하며 모인 회의 자리에서 아이들 명단이 들어있는 새하얀 봉투를 하나씩 뽑아가진다. 우리의 인연은 이렇게 시작되는 것이다.

반 편성 결과가 발표되면 아이들도 엄마들도 결과를 궁금해하며 환호와 탄식이 교차한다. 아이들이 가지고 온 편성 결과를 보며 카톡방이 들썩이고, 더 많은 정보를 알기 위해 수소문을 한다. 물론 일부 극성스러운 엄마들의 이야기일 수도 있지만 '누구와 같은 반이 되고 싶었는데 정말 되어서 너무 기뻐, 혹은 헤어져서 슬퍼'라고 결과 분석을 하는 아이를 보면 거기에 무심할 수 있는 엄마는 실상 몇 없을 것이다. 새로운 학년에 대한 기대나 두려움이 시작되는 것이 바로 이 반편성인데, 아이들만큼이나 엄마도 떨린다. 새로운 담임에 대한 무성한 소문들도 2월 말이 되면 최고조에 달한다. 아이에 대한 관심과 열정의 표현이리라. 긍정적으로 바라보고 싶다.

　엄마들의 원성만 듣는 건 아니다. 내가 반 편성해서 올려보낸 아이들을 새로이 맡은 담임선생님들의 원성도 없지 않다. '도대체 어떻게 섞었길래 우리 반은 애들 상태가 이러냐'며 작년 담임들을 원망한다. 신경 써서 편성했었다는 식상한 변명을 늘어놓지만 이제 와 돌이킬 수 있는 건 아무것도 없다. 나 역시 뭔가 항의하고 싶을 때가 있다. 왜 만나기만 하면 으르렁거리는 아이 둘을 우리 반에 붙여 놓았는지, 왜 진상 학부모로 소문이 자자한 엄마 세 분이 모두 우리 반인 것인지 따위의 원망이 불쑥 올라오는 힘든 순간들이 있다. 어찌하겠나, 이미 끝난 것을. 그러면서 다짐한다. 제발 올해가 끝나 새로운 반으로 편성할 때는 정말 정말 최선을 다하고 온 정성을 다해 '잘' 좀 섞어보리라. 누가 봐도 평화롭고 균형적인 반 편성을 위해 혼신의 힘을 다하리라. 학부모의 요구를 최대한 반영하며, 아이들이 덜 힘들고, 새로운 담임이 만족스러워할 만한 '최상의 조합'을 위해 노력하리라.

결국, 건조기를 샀다

결혼 생활 10년, 가진 건 아들 둘인 덕분에 그 애들이 밤 낮 가리지 않고 뛰어대는 덕분에 작은 평수 아파트 1층에 단 출한 살림을 이룬지도 5년이 넘었다. 대낮에도 불을 켜고 지 내야 할 정도로 해가 지독히도 안 들어오는 탓에 옷장의 옷 이 곰팡이로 얼룩져 있다. 습기는 방법이 없다. 한 차례 장마 를 치르고 나면 옷마다 소복이 쌓인 곰팡이를 박박 문질러 야 한다. 쉽사리 지워지지 않는다. 부지런히 제습기를 돌려 보지만 신통치가 않다. 해 없이 흐린 겨울날이 계속되면 이 옷 저 옷 모두 비슷한 냄새가 난다. 건조대 근처에만 가도 그

냄새가 난다. 그 옷을 걷어 입은 우리 네 식구 모두에게서 비슷한 그 냄새가 난다. 수건에서도 양말에서도 난다. 수건인데 걸레 냄새가 난다. 이런 걸 진퇴양난이라고 해야 할지 설상가상이라 해야 할지 모르겠다. 그래도 그런 줄 알고 살았다. 다들 그리 사는 줄 알고 살았다. 선택의 여지 없이 당연하게 받아들여야 할 일상이라 생각했다. 궁상스러워도, 불편해도, 귀찮아도, 냄새가 나고, 덜 말라도. 그래도 이 정도의 불편함은 견디며 살아야 한다고 생각했다. 겨우 이 정도의 불편함으로 덜컥 건조기를 사고 싶지는 않았다. 이것은 내게 두 가지의 문제였다.

가격

건조기 가격이 내게 과했다. 꼭 필요하지는 않다고 느껴지는 가전제품의 가격치고는 내 기준에서 과했다. 평범한 정도의 청소기 가격이었다면 진작 샀을지 모르겠지만 분명 고가의 물건이다.

양심의 문제

걸레냄새 나는 옷을 입고 쿵쿵거리며 찝찝해하면서도 끝

내 고집을 부린 더 큰 이유는 돈보다는 양심이었다. 게을러 보였다. 게으른 주부의 상징처럼 느껴졌다. 그 옛날 우리 어머니들은 개울가에 모여 빨래판에 두드려가며 어떻게든 가족의 얼룩진 옷을 희게 만들어내지 않았던가.

그러던 어느 날 덜컥 주문해버렸다. 젤로 좋다는 건 못 사고 48만 원쯤 되는 최저가 수입 모델로 골랐다. 5개월 무이자 할부. 48만 원짜리 물건을 5개월 할부로 결제할 때 벼르고 별러야 할 만큼 곤란한 형편은 아니었다. 그 정도는 감당할 정도의 살림살이를 꾸리고는 있는데 양심, 그놈에 양심 때문에 계속 망설였다. 양심도 인제 그만 찾아야겠다. 민망스럽다.

1년도 넘게 고민한 시간이 무색했다. 하얗고 복스럽게 생긴 반들반들한 건조기 한 대가 산타 선물처럼 내게 왔다. 결제 후 정확히 하루 반 정도 만에 배송이 완료됐다. 건조가 끝난 보송하고 따뜻한 빨래를 꺼내는데 보송하고 따뜻한 미소가 지어졌다. 부드러운 수건으로 얼굴을 닦고, 건조기의 먼지 망에 모인 옷 먼지를 긁어내며 자꾸 웃고 있었다. 그 길로 '건조기 전도사'가 되었다. 사진을 찍어 여기저기 보내 자랑을 했고, 건조기의 우수성도 함께 적어 보냈다. 건조기를 쓰지 않는 이웃을 만나면 붙잡고 전했다. 건조기가 나를 어떻게 구원했는지, 날 위해 얼마나 열심히 일하고 있는지, 날 얼마나 편하게 해주며 나 역시 그것을 얼마나 아끼는지. 남편보다 사랑스럽고 아들보다 더 부지런히 나를 돕고 있음을 강조했다. 이런 나를 누군가는 게으른 주부라 욕하기도 할 것이며, 또 어떤 누군가는 권할 땐 들은 체도 안 하더니 이제와 뒷북을 친다고도 하겠다. 안 산다고 큰소리치더니 언제 그랬냐는 듯 신나서 자랑한다며 참으로 가볍고 변덕스러운 사람이라고도 할 것이다. 당연하다.

그들의 생각은 모두 맞다. 나는 그런 사람이 맞다. 좁고 낮은 잣대로 쉽게 판단하고 손가락질하고, 그들과는 다른 사람이라며 우쭐해하고 교만해하는. 그래놓고 참으로 가볍고 변덕스럽게 돌연 맘을 바꾸면서 또 언제 그랬냐는 듯 예전의 나를 모르는 척 한다. 건조기 덕분에 내가 어떤 사람인지 정확히 알았다. 가볍고 변덕스러우면 어떤가. 끝까지 고집을 부려대며 쿰쿰하게 덜 마른 양말을 신고 다니는 것보다 낫지 않은가. 어떤 경험에서든 기어이 교훈을 찾아내어 더 나은 내일을 고민하는 시늉을 하며 부산함을 떨어대는 것이

나란 사람이다. 혹시 몇 달 전의 나처럼 건조기를 살까 말까 고민하는 중이라면 당장 구입하시길. 5개월 무이자 할부 추천, 저렴한 수입 모델도 추천. 적당히 팔랑대며 이랬다저랬다 하는 삶도 추천한다.

운동치인 내가
체육 전담 교사가 되다니

초등 교사가 되고 몇 년간은 과한 칭찬과 부러움 속에 살았다. 발령을 받고 결혼 전까진 각종 기념일에 아이들로부터(주로 여자 아이들) 선물이 끊이지 않았다. 알고 보니 사춘기의 여자아이들은 젊은 사람에게 무한 애정을 보내는 특성이 있었다. 그때 나는 우리 학교의 유일한 젊은 선생이었다. 머리가 희끗희끗한 초로의 선생님들과 출산과 육아에 지쳐 있던 아줌마 선생님들 사이에서 시선이 갈 수밖에 없는 아직은 싱그러운 선생님이었다. 그때 나는 꽤 예쁜 줄 알았다. 젊었을 뿐이었는데. 청춘은 미모와 젊음이 쉽게 구분되지 않으며 굳이 구분하지 않아도 되는 인생의 몇 안 되는 너그러운 시절이다. 그냥 그게 그건 줄 알고 헷갈리며 살아도 된다. 나도 그런 줄 알고 신나게 살았다. 소개팅 주선자들에게도 인기가 있었는데, 그들은 그저 미혼의 초등 교사를 구하고 있었던 것일 뿐 꼭 나여야 할 이유는 없었다. 그때 나는 그들이 요구했던 조건에 잘 들어맞았다. 초등 교사와의 선 자리를 주선해달라고 구체적인 요청을 했을 적당한 스펙의 남자와의 저녁 식사는 어색하고 불편했다. 그들이 관심 보인 건 나의 정년퇴직 연도와 방학, 연금 같은 것들이었다. 질문에 하나씩 답할 때마다 흐뭇한 표정으로 고개를 끄덕였다. 임용 고시 합격 소식을 전했을 때의 친정 아빠 표정과 비슷했다. 대답이 만족스러웠던 그들은 꼭 다시 만나자는 말을 잊지 않았다.

결혼과 출산. 인생의 큰 산을 힘겹게 넘었다. 정신없이 넘고 보니 그사이 많이 달라져 있었다. 나를 보는 주변의 시선은 더 많이 달라져 있었다. 어두운색 패딩에 헐렁한 청바지를 닳도록 반복해서 입은 채로 놀이터에서 몇 년을 보냈다. 엄마라는 무게만으로도 숨이 가빴다. 그 무게만큼이나 무겁고 나이 들어버린 채로 학교로 돌아가야 했다. 육아 휴직 후 다시 찾은 교실은 언제 아이들을 가르쳤었나 싶게 낯설었다.

교사로서의 자신감이 바닥이던 나를 기다린 건 기가 막히게
도 '체육전담' 교사였다. 선택의 여지가 없었다. 애 둘을 낳아
기르는 동안 몸과 마음이 너덜너덜해졌다. 퇴근하면 꼼짝 않
고 누워만 있어도 피곤한 아줌마가 체육 선생님이라니. 체육
이라면 환장을 하는 혈기 넘치는 초등학생들을 감당할 재간
이 없었다. '뭐가 돼도 좋으니 땀을 뻘뻘 흘리게만 해주세요'
라며 눈동자를 번쩍이는 아이들이 부담스러웠다. 체육수업
이 있는 날인 것을 알고, 아침부터 설렜을 아이들의 동그랗
고 반짝이는 눈을 보고 있으면 운동을 못 하는 체육 선생님
인 게 미안해진다. 아이들이 소란을 피우며 들떠 뛰어나오는
운동장에서 하얀 가루를 뿌려가며 발야구 경기장을 그린다.
혹시 잘못될까 싶어 체육책을 두세 번 확인한다. 분명히 책
에 나온 대로 그렸는데 어딘가 어설프다. 같은 그림인데 다
른 그림이다. 그림만 어설펐으면 이 이야기는 시작도 안 했
다. 나보다 훨씬 더 빨리 달릴 수 있으며 훨씬 더 공을 잘 잡
고 치는 아이들에게 체육을 가르치는 사람으로 선다는 건
잠이 안 올만큼 두려운 일이었다. 운동신경 있다는 소리를
종종 들었던 날렵했던 20대의 나는 없다. 나보다 더 큰 키와
덩치로 날마다 운동을 직업 삼아 운동장을 휘젓는 고학년

남자아이들을 당할 재간이 없다. 3학년인 아들과 달리기도 이기질 못하는데 하물며 5, 6학년 아이들이라니. 이렇게 못하는 과목을 가르치며 하루를 보냈다. 배우는 것도 아니고, 연습하는 것도 아니고 직접 시범을 보이며 요령을 설명하며 가르치고 잘하도록 도와야 하는 사람으로 말이다.

실상 나는 아이들에게 배우고 싶은 게 많다. 축구공을 회전하며 골대 안으로 정확히 차 넣는 기술과 플라잉 디스크를 놀라운 속도로 운동장 밖으로 보내버리는 방법, 야구 글러브를 끼고 멀리서 세게 날아오는 공을 정확히 잡아내는 요령. 레이업을 던질 때의 스텝과 발의 위치, 배트로 티볼 공을 칠 때 홈런을 쳐내는 기술까지. 체육 시간마다 아이들이 운동 기술을 내게 도리어 알려주고 연습 시켜주면 좋겠다. 슬쩍 보고 따라 해 보는데 요령을 모르니 점점 자신이 없어졌다. 저것도 못 하는 체육 선생님이라는 사실을 들키지 않으려 잘하는 척, 할 수 있는 척, 다 아는 척을 한다. 들키지 않으려 애꿎은 호루라기만 크게 불어댔다. 외롭고 떨리고 덥거나 추운 운동장에서 의지할 수 있는 유일한 한 가지는 호루라기다. 못 미더운 눈으로 아줌마 체육 선생님을 주시하던 아이들도 연습 시작과 끝을 알리는 호루라기 소리 한 번이면 모이고 흩어졌다. 내 말은 안 들어도 호루라기 소리는 귀신같이 알아듣는다. 고맙게도 약속대로 움직여준다. 호루라기를 목에 건 내 모습이 평소보다 좀 활동적이고 스포티해 보여서도 맘에 든다.

월급 받는 사람의 의무

사회로의 첫발을 디딘 곳은 평택 송일초등학교 5학년 2반 교실이다. 생애 첫 일터. 사회 초년생에게 직장이라는 곳은 상당히 긴장되면서도 고단했고, 낯선 도시에서의 자취 생활은 별일 없이도 서글프고 배고팠다. 더 서글펐던 이유는 지금 내가 하는 이 일이 마음 깊이 원하는 일은 아니었다는 사실이다.

어쨌건 초등학교 선생님은 나의 직업이 되었다. 이건 내가 '해야 하는' 일이다. 언제까지 하기 싫은 일이었다는 핑계를 대며 대충할 순 없다. 계속 그럴 거면 정말로 그만두어야 했다. 다녀야 하는 직장이라면, 이 일을 매일 해야 하고 이 일로 매달 월급을 받고 있다면 이 일에서 의미를 발견해야 했다. 그게 내가 부모님께 배운 '성실'의 현실적 해석이었다. 좋고 싫음을 떠나 현재 주어진 일을 성실히 해내는 것. 진정성을 가지고 임하는 것. 월급 받는 이의 의무를 다하는 것. 어차피 받을 월급이라면 조금 더 즐거운 마음으로 흔쾌히 임하는 것. 두 분은 평생을 그렇게 사시며 사 남매의 대학 뒷바라지를 하셨고 얼마 전 나란히 정년 퇴임하셨다. 아빠는 야간 대기를 하며 한밤중에 역에 들어온 기차를 정비하는 일을 하셨는데 그 일이 결코 즐겁지 않으셨을 것이다. 좋아서 택한 직업이라 하기엔 35년을 이틀에 한 번꼴로 야간 근무해야 하는 근로조건이 턱없이 열악했다. 직장인으로서의 아빠는 고되어 보였다. 그런데도 아빠는 웃음을 잃지 않으셨다. 엄마도 마찬가지였다. 사 남매를 키워놓고 뒤늦게 얻은 직장은 초등학교 급식실이었다. 집에서 늘 밥을 하고 도시락을 싸고 설거지를 하는 엄마는 직장에서 더 많은 밥을 하고 더 많은 설거지를 했다. 요즘엔 불법이지만 그때 급식 후 남은 반찬을 싸 와 저녁거리로 대신하는 게 우리 집의 일상이었다. 점심 반찬을 저녁에 똑같이 마주해야 했던 엄마는 그다지 식욕이 없었다. 엄마는 그렇게 급식실에서 20년 넘는 세월을 보내셨다. 맛있다고 급식을 열심히 잘 먹는 애들이 참 예쁘다 하셨다. 아이 넷 딸린 고된 직장 여성이었던 엄마는 그렇게라도 소소한 보람과 기쁨을 찾아야만 했다.

나 역시 일을 좋아하기 위해 이런저런 노력을 한다. 좋은 점이 많은 직장이라지만, 그 점들이 내게 좋은 건 아니기에 직장인으로서 어쩔 수 없이 견뎌내야 하는 부분들도 적지 않다. 대단한 프로라거나, 참 교사, 참 스승, 뼛속까지 교사라는 칭찬은 아직까지 들어보지 못했다. 사물놀이 전문가, 종이접기 전문가, 합창 전문가, 배드민턴 전문가, 미술 수업 전문가. 웬만한 전문가들은 학교에 다 모여 있다. 확실한 건 나는 그들 중 아무도 아니라는 사실이다. 잘해서 돋보이는 교사가 되긴 이미 틀렸다. 그나마 무난하게 열심히 한다는 평 정도는 듣고 싶어 방학 때면 시간을 내어 새롭게 배워 아이들에게 가르쳐줄 만한 것들을 찾아다녔다. 지루한 걸 못 참는 성격이라 조금이라도 재미있게 가르치고 싶어 애를 썼다. 점점 아이들이 우리 반이 다른 반보다 재미있고, 학교 다니는 게 좋다고 말하기 시작했다. 그 말이 안도감을 주었다.

많은 직장인이 회사가 가기 싫고, 출근하자마자 퇴근하고 싶다고 말한다. 지긋지긋하지만 월급날을 기다리며 버틴다고. 직장인들끼리는 그런 얘기들을 농담 삼아 안주 삼아 서로를 위로하기도 한다. 그런데도 유독 교사에게는 그런 불평도 그런 속된 마음도 허락되지 않는다. 보통 직장인들의 흔한 푸념이 허락되지 않는다. 교사는 감정도 컨디션도 없이 월화수목금 5일 내내 한결같이 아이들을 대할 거라 기대한다. 편견과 기대가 부담스러울 때가 많다. 그래봤자 교사도 유리 지갑 들고 살아가는 평범한 직장인일 뿐인데, 기대가 과하니 늘 기대에 못 미친다. 그래서 어디 가서 답답한 속 얘기를 못 하고 산다. 교사들만 가입해 있는 카페가 있는데, 편안히 학교생활의 고충을 나눌 수 있어 게시판의 글을 읽는 것만으로도 위로받을 때가 많다. 징그럽게 말 안 듣는 반 아이 얘기나, 권위로 똘똘 뭉친 교장 선생님, 진상 학부모와 진상 동료 교사까지. 그렇게 얘기하고 훌훌 털고, 그래도 내게 주어진 일에 만족하며 살자고 다짐에 다짐을 한다.

평생에 걸쳐 내가 할 수 있는 일이 몇 개쯤 될까. 그 일 중에는 노력 없이도 마음에 들어와 안기는 일도 있고, 아무리 애를 써도 그만두고 싶기만 한 일도 있을 것이다. 지금 어떤 일을 하고 있건 간에 그 일을 좋아하기 위해 노력을 한다면, 혹시 그만두게 되더라도 그 후의 선택은 후회와 아쉬움이 덜하겠지 싶다. 덜 후회하고 덜 아쉬워하기 위해 일단은 한 번 더 노력해본다.

김미진 걱정은 이제 그만 하련다

미진이는 친구들 중 가장 시집을 못 갔다. 누구보다 스스로가 절절하게 그리 생각하며, 내가 봐도 그렇다. 빚 많은 집에 시집을 간 것까진 그렇다 쳐도 씀씀이가 큰 남편 때문에 빚이 계속 불어난다고 했다. 출산휴가 3개월을 제외하고는 쉼 없이 소처럼 출근하며 대출 상환과 육아에 애쓰고 있다. 우리는 네 시간 거리의 먼 곳에 살고 있어 거의 만나지는 못하는데 한 번씩 통화하며 근황을 나누는 사이다. 예쁘고 꿈 많던 문학소녀가 애 셋을 홀로 키워내는 전사가 되었다. 줄어들지 않는 빚 때문에 늘 우울해했고, 가정을 돌보지 않는 남편 때문에 외로워했다. 미진이가 진심으로 안타까웠다. 가여웠다. 시간을 돌릴 수 있다면 미진이를 결혼 전으로 돌려주고 싶었다.

그러다 얼마 전, 처음으로 미진이네 집에 갈 기회가 생겼다. 전라도 광주로 가는 버스에 올랐다. 어려운 형편은 예상했기 때문에 그 어떤 상황이어도 실망하지 않기로 단단히 마음을 먹었다. 남루해도 불편해도 아무렇지 않은 척 잘 해내기로 진작부터 준비했기 때문에 자신 있었다. 밖에서 만난 우리는 오랜만에 만나 신나게 수다를 떨고 밥을 먹고 커피도 마시고 빵을 샀다. 미진네서 하루 묵고 가기로 하여 어린 아가들은 근처 친정으로 보내놓았다고 했다. 이래저래 미안했다. 여기야, 라고 하는데 생각보다 좀 큰 단지라 놀랐다. 그래, 얼마나 다행인가. 좁은 골목을 돌고 돌아야만 들어갈 수 있는 오래된 빌라였다면 우리가 함께 미진이네 집으로 가는 길이 얼마나 어색했을까. 현관문을 열고 들어서는데 자전거가 세 대, 유모차가 두 대, 씽씽이가 또 두 대다. 중고를 구했거나 누구한테 얻었나 보다. 애도 많은데 다행이다 싶었다. 큰 현관을 지나 거실에 들어섰다. 찬찬히 둘러보았다. 눈이 커졌고, 입을 다물 수가 없었다. 큼직한 거실의 한 면을 가득히 채우고 있는 책들은 아직 어린아이들이 읽기에는 벅찬 비싸고 유명한 전집들이었다. 물론 나는 한 번도 사본 적 없고 빌리거나 주워다 읽혔던 것들이었다. 아이가 셋이라 세이펜이 세 자루였고, 쇼핑몰에서 봤던 최신형 고가의 선풍기도 세 대였다. 아이들이 선풍기를 차지하려고 싸워대서 세 대를 샀다고 했다. 싸우는 게 너무 보기 싫어서 한 대씩 사서 줬단다. 아이들끼리 싸우는 건 누구나 싫어한다. 건조기, 광파오븐까지는 참을 수 있었다. 처지 비슷한 직장맘이기에 속도감 있는 살림살이를 위한 것들은 어쩔 수 없나 보다 이해할 수 있다. 그랬는데, 거실의 테이블. 원목의 커다란 8인용 테이블 앞에서 참았던 한숨이 터졌다. 꿈에도 갖고 싶던 크고 웅장하고 묵직한, 앉기만 하면 책이 절로 읽어지고 공부가 될 것 같은 멋지고 비싼 테이블과 의자 세트가 바로 거기, 미진이네 거실에 있었다. 큰 빚에 시달리는 미진이는 가난하고 남루하게, 어렵고 불편하게 살고 있어야 마땅했다. 내 기준에선 그랬다. 당연하다는 듯 만날 땐 늘 내가 밥을 사려고 호들갑을 떨었었다. 그렇게라도 미진이의 우울한 결혼 생활에 힘이 되어주고 싶었다. 난 뭘 했던 걸까.

"우와 미진아. 집에 좋은 거 많다."

애써 밝은 척을 하며 너스레를 떨었다.

"응. 난 사고 싶은 건 다 사. 돈 때문에 주저하진 않아. 남편 때문에 너무 스트레스를 받아서 쓰면서라도 풀어야 해. 나도 숨 좀 쉬며 살아야 하지 않겠냐."

조목조목 맞는 말이다. 대책없는 남편과 고만고만한 남매 셋을 짊어진 미진이에게도 탈출구가 필요했을 것이다. 필요하다고, 사고 싶다고 생각되면 즉시 결제해버린단다. 유명한 육아서와 베스트셀러들이 반들반들한 채로 책장에 가지런히 꽂혀 있었다. 책장 앞에서 잠시 아무 말도 못 한 채 서 있어야만 했다. 나는 내가 가진 좁디좁은 눈으로 미진이를 생각했고, 걱정했다. 한 번도 말한 적 없는 그녀의 살림살이를 멋대로 상상했고 앞서 위로했다. 그럴 필요가 없었다. 미진이가 생각보다 잘살고 있어서 적잖이 실망했다. 꼭 확인하고 싶었던 미진이의 어렵고 팍팍한 일상을 볼 수 없어 실망이 컸다. 미진이는 잘못이 없다. 자기에게 주어진 삶의 분량을 나름의 방식으로 채워가고 있을 뿐인데, 내가 성급했다. 내가 내 마음대로 생각하고 단정 지었다.

잘 먹고 잘 자고 집으로 출발하려는데 방에서 뭘 한 짐 들고 나온다. 올여름에 산 원피스들인데 더 안 입을 것 같다며 나 입으란다. 백화점에서 봤던 그 브랜드 옷들이다. 좋다고 싸 들고 버스에 올랐다. 기분이 좋아야 하는데 이상했다. 작고 어둡고 초라하고 불편한 내 집에 돌아왔다. 미진이를 만나고, 미진이 집에 가고 싶었던 건 미진이의 힘들고 초라한 일상을 보고 싶은 마음 때문이었다는 게 점점 더 분명해졌다. 그녀에 비하면 나는 얼마나 여유로운 삶인지, 얼마나 감사할 거리가 많은 사람인지 확인하고 싶었던 거였다. 목표를 달성하지 못한 속 좁은 아줌마는 집으로 돌아와 그 길로 건조기를 결제해버렸다. 미진이 덕분에 우리 집에도 드디어 건조기가 생겼다.

선생님은 뭐 사러 오셨어요?

"오오~ 선생님 안녕하세요?"

"어어어??? 어… 안녕. 흐흐"(당황스러워 얼굴이 벌게진다)

"선생님 뭐 사러 오셨어요?"

"어?? 어… 음… 너는?"

"내일 소풍 가잖아요. 과자 사려요"

"아 그렇지. 내일 소풍이지. 맛있는 거 많이 싸 와라. 내일 보자"

"근데 선생님도 과자 사러 오셨어요?"

"아니. 커피 사려고. 안녕."

황급히 마트를 나서는데

"야, 너도 과자 사러 왔냐. 저기 이은경 선생님 있잖아. 봤어? 인사했어?"

"아, 정말? 우와. 선생님이다. 안녕하세요?" (마트 전체가 시끄러워지면서 모르던 사람들까지 나를 쳐다본다)

"어. 안녕. 다들 잘 들어가고 내일 보자." (집에 갈 마음이 없는 아이들을 자꾸 들여보내려 한다. 소용없다)

웬만한건 다 부끄럽고 쑥스럽던 아가씨 선생님 시절의 이야기다. 마트로 나선 건 저녁 8시쯤이었다. 마침 생리대가 똑 떨어졌다. 저녁을 먹고 슬리퍼를 신고 슬슬 동네 마트에 갔다. 그거 하나만 사서 달랑달랑 들고 들어오면 오늘 하루의 일과가 끝나는, 싱글 여성의 평화로운 저녁 시간이었다. 소풍 전날이라는 걸 마트에 들어서서야 알았다. 과자 코너 앞에서 실룩거리는 아이들을 발견하고서야 소풍 전날이라는 걸 알았다. 아이들은 잠도 못 이루며 설레하는 소풍 전날, 난 생리대를 걱정하는 어른일 뿐이었다. 정말 달랑 생리대 한 봉지 사러 나왔는데, 그거 하나만 후딱 사면 되는데, 그거 꼭 사야 하는데 마트 안을 열심히 뛰어다니는 반 아이들의

교실 안에서는 서로 시큰둥한 사이면서
교실 밖에서 만나는 선생님은
왜 그렇게도 반가운 존재인가.

인사에 정신이 없었다. 교실 안에서는 서로 시큰둥한 사이면서 교실 밖에서 만나는 선생님은 왜 그렇게도 반가운 존재인가. 왜 다들 집에 안 가고 선생님 뭐 샀는가 구경하며 계산대 앞에 모여 있는 건지. 아 정말, 너희들 집에 안 가니.

커피, 일회용 비닐장갑, 주스, 양파, 식빵… 정신없이 담고 보니 제대로 장을 봤다. 밥도 안 해 먹으면서 양파는 왜 담았을까. 너희 선생님은 건강을 생각하여 양파도 챙겨 먹는 사람이라는걸 어필하고 싶었나 보다. 애들한테 잘 보이면 삼촌이라도 소개해줄 것을 염두에 둔 것인가. 생리대만 못 샀다. 차마 아이들이 지켜보는 계산대 위에 생리대를 올려놓을 수는 없었다. 아직 생리대가 뭔지 정확히 알지도 못할 텐데 그건 뭐냐고 묻는다면 어디서부터 대답을 시작해야 할까. 정자와 난자인가 수정과 착상인가. 머릿속이 노랗다. 10년 차 아줌마인 지금이라면 덜했을 텐데 말이다.

필요하지도 않은 것들을 한 봉지 가득 담아 낑낑거리며 집으로 오다가 길에 있는 작은 편의점에 들어갔다. 그 안에 아무도 없는 것을 확인한 후 처음 보는 브랜드의 낯선 생리대 한 통을 간신히 구했다. 처음 착용한 낯선 생리대는 역시나 편치 않았고, 편치 않은 생리대의 불쾌한 느낌을 참아가며 하루 종일을 에버랜드의 자외선과 싸워야 했다. 컨디션은 말 그대로 엉망진창이었다.

이래서 연예인들이 힘들겠구나 싶어졌다. 어딜 가도 알아보는 사람들 때문에 사고 싶은 거, 먹고 싶은 거, 편히 못하니 힘들겠구나. 고작 동네 마트에서 마주친 반 아이들 몇 명 때문에 하루가 정말 힘들었는데…. 기회가 와도 연예계에는 발을 들이지 말아야겠구나. 이렇게 불편하게 살 순 없지 않은가. 연예인이 결혼하자고 해도 거절하고, 나중에 아이가 연예인 하겠다고 해도 말려야겠구나. 하는 결론을 내렸다.

남편, 아이들과 갔던 워터파크 탈의실에서 홀랑 벗은 채 우리 반 아이와 딱 마주쳤던 순간도 있었다. 그 아이는 옆에 있던 엄마와 언니에게 나를 소개했고 우리는 반가운 인사를 나누었다. 그 가족이 나를 얼마나 반가워했던지 지나가던 사람들이 모두 내가 그 아이의 담임이라는 걸 알게 될 정도였다. 그건 괜찮다. 내가 힘들었던 건 나만 홀랑 벗은 채였다는 사실이다. 세 식구는 꽃구경이라도 다녀온 듯 고운 원피스를 맞춰 입고 있었다. 엄마는 화장도 곱게 하고 계셨지만 나는 달랐다. 온탕에서 지지느라 한껏 벌게진 얼굴과 몸으로 그들 앞에 홀로 서 있었다. 그들의 표정이 밝은 건 당연했고,

내 표정이 밝지 못한 것도 당연했다. 손을 꼭 잡은 딸이 한 명 있었다면 그쪽으로 시선을 돌려보았을 텐데 불행히도 딸이 없다. 어색한 순간마다 유용했던 나의 아이들은 모두 남자 샤워실에 있다. 내 한 몸만 씻고 나오면 된다는 이유로 목욕탕, 찜질방, 워터파크에서 여유로웠는데, 이토록 딸이 절실했던 순간이 또 있을까. 어색하기 그지없는 인사를 마무리하고 황급히 밖으로 나왔다. 뭔가 모르게 억울한 기분이 자꾸 울컥거렸다. 내가 벗고 있는 걸 봤다면 그들도 벗고 와서 인사를 청했어야 하는 거 아닌가. 배려 없는 사람들이다.

두 아들을 씻기느라 얼굴이 벌겋게 익어 나온 남편을 붙잡고 나의 억울함을 절절히 호소했다. 얼마나 놀랐는지, 부끄러웠는지 두세 번 반복했다. 그게 왜 그렇게 부끄러운 일인지 이해 못하겠다는 표정이다. 도대체 벗은 상태에서 학부모와 반 아이를 만나는 게 왜 부끄럽고 왜 그렇게 호들갑 떨어댈 일인지 모르겠다는 자신감 충만한 남자 옆에서 연예인병 걸린 과민한 여자가 되는 순간이었다.

그걸 왜 이제 말해, 서운하게

영화 〈아이 캔 스피크〉 속 나옥분 할머니가 위안부 출신이었다는 사실을 시장 사람들이 알게 됐다. 막역한 사이였던 슈퍼 아줌마저 슬금슬금 눈치만 보며 피해 다닌다. 할머니는 위안부 출신이라는 과거를 가진 사람이라 이제 거리를 두는 거라며 서운해 한다. 나도 그런 줄 알았다. 저 슈퍼 아줌마, 사람 좋게 봤는데 역시 별수 없었어. 사람 맘이 다 비슷하구나. 판단 완료.

못내 서운했던 나옥분 할머니가 슈퍼 아줌마를 불러 세운다. 이제 나 같은 사람이랑은 상종을 안 할 작정이냐고 따

져 묻는다. 죄인처럼 한참을 듣기만 하고 머뭇거리던 슈퍼
아줌마가 엉엉 울며 참았던 말을 쏟아낸다. 어쩜 그렇게 힘
든 세월을 보냈으면서 여태껏 나한테 한 마디도 안 할 수 있
냐며 크게 운다. 서럽게 울며 뱉어낸 대사다.

서운해서 그랬어요, 서운해서. 몸살이 날 정도로 서운해서.
제가 요 며칠 형님이 얼마나 괘씸했는지 알아요?
형님하고 내하고 지낸 세월이 얼만교
아이 근데, 어떻게 내한테 요만큼도 애기를 안 하고
미리 귀띔이라도 줬으면 내가 어떻게든 뭐라도 도왔을 거
아닌교
제가 그래 못 미더웠던교
형님 속도 몬 알아줄 만큼 그래 얼뜨기로 보였던교
모진 양반, 진작에 애기를 하지 그 긴 세월을 혼자.
얼마나 힘드셨을꼬 아프고 쓰렸을꼬
아이고 행님요

나는 슈퍼 아줌마가 '할머니의 과거를 알고 나니 할머니
가 좀 달리 보이기도 하고 찜찜하기도 해서 피했는데 그게

서운했다면 미안해요.'라고 할 줄 알았다.

아줌마의 예상치 못한 고백에 눈물이 콱 쏟아졌다. 아줌마보다 훨씬 더 크게 엉엉 울었다. 옥분 할머니가 처한 딱한 상황보다, 그런 할머니를 친언니처럼 믿고 마음을 나누었던 슈퍼 아줌마의 서운한 마음이 절절히 느껴져 한참을 울었다. 글을 정리하느라 다시 읽다가 또 눈물이 돈다. 얼뜨기 아줌마의 고백이 아니었다면 모를 뻔했다. 사실 나도 내게 어려움과 고민을 털어놓지 않는 사람에게 굉장한 서운함을 느끼는 사람이라는 걸. 그 사람의 아픔을 같이 해줄 때 절절히 존재감을 느끼고, 그렇지 못할 때 자괴감에 빠져 버리는 사람이라는 것을. 나는 그런 사람이다. 어렵게 어렵게 안 좋은 일을 털어놓은 친구에게 가장 먼저 건네는 말이 '아니 그걸 왜 이제 말해'인 사람. 얼마나 힘드냐는 위로보다 나무라는 일이 먼저일 때도 있다. '그래서 그 일이 언제 일어난 일이냐'고 캐묻기도 한다. 나 같은 사람에게 가장 반갑고 고마운 건 '방금'이라는 대답이다. 나쁜 소식을 듣고는 지체 없이 내게 말해줬다는 사실에, 방금 들은 얘기가 나쁜 소식인 것도 잊고 맘 한구석이 두근거린다. 나를 먼저 찾았다는 게 두근거린다. 그렇게도 철이 없다.

지금 나는 어울려 지내는 친구들도 있고, 몸담은 모임도 몇 개 있다. 하지만 나쁜 소식이나 좋은 소식을 접했을 때 가장 먼저 전화해서 눈물을 펑펑 터뜨릴만한 친구가 없다. 단짝 친구가 없다는 사실은 언제나 나를 주눅 들게 한다. 드라마와 영화 속 주인공들, 책 속 주인공들은 하나같이 형제자매보다 끈끈한 단짝 친구가 있던데 어째 나는 없을까. 나를 단짝이라 여기는 친구도 없다. 그 말은 곧 내게 쪼르르 달려와 자신의 소식을 일러줄 친구가 없다는 얘기다. 단짝 친구 한 명이 있으면 좋겠다. 어디서도 못하는 얘기를 은밀하게 나누고, 좋든 나쁘든 새로운 소식도 가장 먼저 나누며 잘못을 저지르고, 죄를 지어도 내 편이 되어줄 친구 한 명 찾을 순 없을까. 나 말고 다들 단짝 친구와 알콩달콩 지내는 것 같아 괜히 외롭다.

좋거나 나쁜 누군가의 소식을 접하는 순간이 찾아오면 다양한 종류의 감탄사가 오가는 몇 분은 언제나 필요하다. 다른 화제를 꺼내거나 혼자만 유별난 반응을 보이는 것은 금지다. 이야기를 함께 들은 각자의 머릿속에 천천히 상황이 파악되고 받아들여질 시간이 필요하다. 섣부른 반응은 실수를 부른다. 일단은 호흡이 필요하다. 그 후 소식을 둘러싼 궁궁증들이 하나씩 둥둥 떠오른다.

"어디서 들은 얘기야?"

"누가 그래?"

"언제 그랬대?"

"그래서 지금 어떻게 됐대?"

출처가 궁금해진다. 어디서 날아온 소식인 건지, 일어난 지 얼마나 된 일인지도 궁금해진다. 확실한 얘기인지, 관련된 다른 소식은 없는지도 궁금하다. 소식의 주인공과 나와의 관계와 거리를 생각해 내 귀에 들리기까지의 경로를 계산해 본다. 생각보다 빠르게, 더 밀착되어 온 소식은 대견하게 느껴지고, 남보다 늦게 듣거나 이리저리 빙빙 돌아 내게 왔다면 기어이 서운해지고 만다. 그러니 부탁하건대 혹시라도 지금 내게 자신의 소식을 전하려는 분이 계시다면 서둘러 주시길.

대한민국의 녹색 어머니들께

녹색 어머니, 감사합니다.

이 한 마디를 드리고 싶어 지금부터 구구절절 쓰겠습니다. 아이들 챙겨 보내기도 복잡한 이른 아침에 녹색 조끼를 입고 노란 깃발을 휘날리시는 대한민국의 모든 녹색 어머님들께 순수한 감사의 인사를 드리고 싶어 쓰는 글인데 좀 길지만 끝까지 읽어 주세요.

올해 들어 일기가 고른 날이 거의 없습니다. 덥던지, 춥던지, 먼지가 심하던지, 비가 옵니다. 그런데도 불구하고 매일 아침 8시 30분이 되면 어김없이 그 자리에 서 주셔서 정말 감사합니다. 혹시라도 여러분들의 수고를 몰라 준다 생각하실까 봐 이렇게 한 자씩 꾹꾹 씁니다. 모르지 않습니다. 정말 잘 알고 있습니다. 다만 초면인 우리 사이에 무작정 다가가 감사 인사를 드리기가 영 쑥스러워 그렇습니다. 서글서글하지 못한 저를 이해해주세요.

아이를 입학시키고 녹색 어머니가 되어보기 전에는 그게 그리도 번거로운 일인 줄 몰랐습니다. 그 조끼를 직접 입기 전까지 학교라는 곳에 10년 넘게 근무하면서도 출근길 녹색 어머니들의 모습은 그저 당연한 풍경이었습니다. 누군가는 해야 하는 일이기에 시간 되고 형편 되는 엄마들이 조금만 수고하면 되는 별거 아닌 일로 생각했습니다. 그까짓, 녹색 어머니쯤이야. 얼핏 재미있어 보이기도 했습니다. 죄송합니다. 큰 아이가 1학년 입학을 하자 기다렸다는 듯 야심 차게 녹색 어머니 봉사를 신청했습니다. 담임을 해보니 매년 초에 봉사활동 해주실 어머니를 모집하는 게 쉽지 않더군요. 우리 아이 담임선생님도 힘드시겠지, 싶은 마음에 선생님께 잘 보이고 싶어 지원했습니다. 그러면 우리 아이 더 예뻐해 주시겠지 하는 기대감에 선뜻 아이 이름을 적어냈습니다. 곧 봉사 날짜를 알리는 연락이 왔고 스마트폰에 알람을 맞춰 놓고 탁상 달력에 빨간 동그라미도 그렸습니다. 툭하면 깜빡깜빡하거든요.

드디어 녹색 어머니 첫날이 다가왔습니다. 평소보다 일찍 등교시켜야 해서 부산을 좀 떨었습니다. 민얼굴로 나갈 수는 없으니 한 듯 안 한 듯 자연스러워 보일 선크림과 비비크림을 찍어 바르고, 입술도 살짝 발랐습니다. 형광 연두색 조끼와 어울릴만한 무난한 검정 잠바는 지난밤에 미리 결정해 뒀고요. 아이들은 엄마가 학교 앞을 지킨다는 사실을 신기해하기도, 즐거워하기도 했습니다. 아이들이 좋아하니 저도 엄청 좋았습니다. 소소한 행복감도 듭니다. 한가한 틈을 타 셀카도 찍었습니다. 조끼와 깃발이 잘 나오면서 제 얼굴도 괜찮게 나온 셀카를 건지는 건 보통 일이 아니더군요. 여러 번의 시도 끝에 결국 한 장 건졌습니다.

더 보통이 아닌 일은 따로 있었습니다. 초등학교 앞 횡단보도임에도 불구하고 슬그머니 신호를 위반하고 건너려는 차를 노려보며 단호한 표정으로 깃발을 흔드는 일, 초록 불이 깜박거리며 끝나가는데 저 멀리서 전력 질주해오는 아이를 붙잡아 세우는 일, 추운 날씨에 30분 동안 같은 자세로 덜덜 떨고 서 있는 일은 정말 보통 일이 아니었습니다. 가끔 만

나는 아는 얼굴에게 밝은 표정으로 손을 흔들어 주기도 해야 했고요, 아이의 등굣길을 함께 하시는 어느 할머니의 잔소리도 들어야 했어요. 어린이보호구역 표시가 눈에 덜 띈다며 이건 문제가 있다고 지적을 10분도 넘게 하시더군요. 저보고 어쩌란 말씀이신가요. 한참 잔소리를 듣다가 신호가 바뀐 줄도 모르고 깃발 방향을 반대로 들고 있기도 했어요. 그렇게 30분을 보내고 집에 들어오니 얼었던 몸이 슬슬 녹습니다. 따뜻한 물을 마시고 한참을 온수 매트에 지지고 나니 좀 낫더라고요. 그렇게 내리 3년을 녹색 어머니로 활동했습니다. 추운 날이 물론 가장 힘들고요, 여름, 가을의 따가운 햇빛도 만만치는 않았습니다. 3년간 두 아이의 녹색 어머니를 모두 지원했더니 날짜가 제법 자주 돌아왔어요. 새까맣게 잊고 못 나가 펑크를 낸 날도 하루 있었고요(정문 앞 신호등 자리가 비어있다며 녹색 대표 엄마에게 연락을 받고 얼마나 얼굴이 화끈거렸는지 모르겠습니다). 늦게 나가 10분밖에 못 하고 들어오기도 했어요. 얼마나 민망하고 부끄럽던지 말이에요. 정신줄을 꼭 붙잡고 살아야겠어요.

지난번 근무했던 학교에서는 조금 색다른 규정이 하나 있었어요. 그날 봉사하시는 녹색 어머니의 담임이 반드시 신호등 앞에 나가 감사 인사를 드려야 하는 것이었어요. 아이를 위해 수고하시는 건데, 담임선생님이 몰라주면 그분들은 무슨 보람으로 봉사를 하시겠냐는 교장 선생님의 뜻이었습니다. 저는 좀 고분고분한 사람인지라, 교장 선생님의 지시에 열심히 따르는 편이에요. 아무리 바빠도 저희 반 어머님들이 봉사하시는 날, 잊지 않고 나가 감사 인사를 드렸어요. 그런 형식적인 인사에도 어머니들은 정말 감사해하셨어요. 제가 그분들을 향해 걸어갈 때 환한 표정으로 반가워하시던 어머니들의 표정이 지금도 생각날 정도니까요. 누군가에게 기쁨과 웃음을 줄 수 있는 존재라는 게 좋았습니다. 담임 맡은 우리 반 녹색 대표 어머니께 정말 감사드린다고, 진짜 힘드신 거 잘 알고 있다고 말씀드렸더니 배시시 웃으시네요. 알아주셔서 감사하다고요. 수고한다는 말을 들으니 참 좋고, 다른 어머니들께도 꼭 전해드리겠다고 하시네요. 제가 더 감사한 마음인 거, 아실까요? 제 인사 속에는 절절한 진심이 담겨 있었던 것도 아실까요.

직장을 핑계로 올해는 녹색 어머니 봉사를 지원하지 못했어요. 학년 초 봉사활동 지원서를 받고 이틀을 꼬박 고민했어요. 눈치 보며 직장에 허락을 받고 무리하게라도 지원해야 할까, 아니야 내가 굳이 지원하지 않아도 누군가로는 채워질 거야 모른 척하자. 쉬운 편을 택했는데 마음은 불편하네요. 오늘 아침에도 우리 아이들 학교 앞 신호등에는 누군가의 엄마들이 깃발을 흔들고 지키고 계셨겠죠. 덕분에 아이들은 학교에 무사히 도착을 했을 거고요. 신호등이 켜지면 옆도 한 번 안 쳐다보고 오직 직진만 하는 아들놈들이라 고학년이 됐는 데도 불안할 때가 있어요. 모두 덕분입니다. 감사합니다. 작년에 배우 고소영 씨가 자녀 학교 앞에서 녹색 어머니 봉사활동을 하던 중에 찍힌 사진을 봤어요. 다들 보셨죠? 어쩜. 그녀는 왜 바쁜 아침 시간에도 예쁜 걸까요. 그렇게 예쁜 녹색 어머니가 어디 있냐고요. 반칙 아닌가요. 예뻐서 시비 거는 겁니다. 이해해주세요.

전국의 모든 녹색 어머니, 뜨거운 여름에는 아무리 바쁘셔도 선크림 꼭 바르고 나가시고요, 선글라스도 챙기세요. 엄마의 피부는 소중하니까요. 그럼, 내일 아침도 잘 부탁드리겠습니다!

흐린 날엔 떡볶이를 먹습니다

기운이 빠지고 우울한 기분이 들면 떡볶이를 사다 먹는다. 살다보니 죽고 싶을 만큼 우울할 때도 있었는데 이대로 죽기엔 떡볶이를 먹을 수 없다는 사실이 진지하게 아쉬웠다. 떡볶이를 먹어야 하기 위해 사는 건 아니지만 떡볶이 덕분에 이만큼이라도 사는 건 분명하다.

아이들이 먹고 싶다할 땐 이것저것 넣고 기꺼이 만들지만 나를 위한 떡볶이는 사다 먹어야 한다. 그래야 효과가 있다. 오늘은 어디서 살까. 동네엔 모두 네 개의 떡볶이집이 있는데 고맙게도 얼마 전에 하나가 더 생겼다. 새로 생긴 가게는 '뚱땡이 떡볶이'인데 줄여서 '뚱떡'이라 부른다. 떡이 얼마나 뚱뚱하길래. 하여튼 환영한다. 오늘은 뭘 함께 먹을까. 순대, 오뎅, 오랜만에 튀김? 잠시 혼란스럽다. 제각기 매력적이다. 나 같은 영혼을 위해 모둠 세트가 있다는 것도 고맙다. 스마트폰과 함께 먹을지, 티브이 앞에 앉을지도 결정해야 한다. 아이 한글 학습지를 신청할 때 선물로 받은 한글 상이 필요하다. 이 상에 앉아 차례로 한글을 뗐던 아이들이 영어책을 읽어댈 만큼 자랐다. 이젠 우리 집과 어울리지 않는 물건이 되었지만, 떡볶이 먹을 때를 생각하여 버리지 않았다. 먹을 준비를 하는 동안 기분은 한결 나아졌다. 얼굴과 입술을 벌겋게 해서 식식대며 먹는다. 입은 맵고 배는 불러온다. 맵다고 물을 많이 마셨더니 배가 땅땅해졌다. 괜찮다. 믹스 두 봉지를 털어 커피를 탄다. 역시 믹스다. 똘똘한 놈이다. 제 할 일이 뭔지 정확히 알고 있다. 어쩌면 이 느낌이 좋아 떡볶이를 먹는 건지도 모르겠다. 달달한 케이크에는 아메리카노가 딱이듯 떡볶이엔 믹스다. 떡볶이에서 시작하여 오뎅, 순대, 튀김, 음료수, 커피 믹스까지. 모두 떡볶이에서 시작된 일이다. 모두 떡볶이 때문이다. 떡볶이로 마음을 달래는 건 좋은 습관은 아니지만 술이나 담배, 도박이나 주식 투자보다는 건전하고 경제적인 습관이라 위안하며 평소에도 떡볶이 집 간판을 눈여겨 본다. 떡볶이를 먹기로 결심한 때부터 커피잔을 다 비울 때까지 대략 한 시간이 필요하다. 정신없이 떡볶이에 집중하는 한 시간이면 머릿속을 떠돌던 고민과 근심, 갈등과 불편함이 깔끔해진다. 없어지지는 않는다. 어떤 고민과 문제도 그렇게 간단히 없어지지 않는다. 달라지는 건 내 마음이다. 괜찮다고 말한다. 잠시나마 괜찮다고 토닥여준다. 내가 빠져있는 그 고민은 생각보다 그렇게 무겁고 심각한 일은 아니라고. 착한 떡볶이는 그렇게 나를 위로한다. 떡볶이 가게 중 한 군데를 고르고 떡볶이와 함께 먹을 음료수를 고르느라 잊혀 버릴 만큼 실은 별것도 아닌 일이었다며 나를 토닥인다.

그렇게 숱한 떡볶이들을 먹었다. 떡볶이들 덕분에 조금 덜 울고, 덜 상처받고, 덜 아프게 어찌어찌 여기까지 왔다. 학부모가 교실에 찾아와 고래고래 소리를 지르며 삿대질 해댔던 날, 아이가 반에서 큰 싸움을 하는 바람에 학교에 불려가 죄송하다며 고개를 열 번쯤 숙였던 날도 떡볶이를 사다 먹었다. 직장에서 억울한 일을 당해도 싫단 말 한마디 제대로 못하고 끙끙 앓다가 일어나 앉아 떡볶이를 먹었고, 아이의 발달이 온전치 못하다는 의사의 영혼 없는 진단을 듣고 온 날도 떡볶이를 사다 달라고 남편을 졸랐다. 울지 않으려 떡볶이를 먹었다. 떡을 씹으며 눈물을 삼켰다. 먹지 않으면 우는 것밖에 할 수 있는 게 없었다. 우는 건 혼자 몰래 해야 하는데, 떡볶이는 아이들과 함께 웃으며 할 수 있다. 예정에 없던 떡볶이 파티에 철없는 아이들은 신이 난다. 속 모르는 남편은 좋지도 않은 음식을 뭘 그렇게 자주 먹냐며 핀잔을 준다. 상한 속을 털어놓는 대신 옆에 앉혀 떡볶이를 권한다. 콧물을 닦아가며 함께 먹는다. 안 먹을 것처럼 그러더니 많이도 먹는다. 남편에게도 다 털어놓기 어려운 복잡하고 쓰린 속이지만 이렇게 함께 먹어주는 것만으로도 위로가 된다. 다음엔 1인분 더 사야겠다며 아쉬운 파티가 끝난다.

힘든 일은 매일 있다. 그래도 아무렴 어떤가. 내겐 떡볶이가 있다.

Part 3

나는 여성이며

나를 닮아 더 애달픈 아이

아들이 둘 있는데, 그중 큰 놈에 관한 얘기다.

어떻게 내가 이런 아이를 낳았는지 아무리 생각해도 신기한 게, 춤을 기가 막히게 잘 춘다. 아무리 객관적으로 보려해도 정말 잘 춘다. 겨우 초등 3학년이 그루브를 기가 막히게 알고 느낌이 충만하다. 표정 또한 예술이라 음악에 완전히 취해 몸을 맡겨 움직이는 모양새를 보면 이건 뭐 웬만한 오디션 프로에는 나갔다 하면 맡아 놓고 우승감이다. 길쭉한 팔다리와 늘씬한 몸은 당장 아이돌 그룹에 들어간다해도 이상하지 않을 정도다. 하지만 그런 일은 절대로 일어나지 않을 것이라 확신한다. 왜냐하면 이놈은 오직 한 사람 내 앞에 서만 춤을 추기 때문이다. 아빠 앞에서조차 대번에 동작에 힘이 들어가고 어색해진다. 정말 잘 춘다며 자랑하던 엄마를 허풍쟁이로 만들어버린다.

아들의 내성적인 성격과 표현방식, 어색해하는 낯가림이 답답하고 속이 상했다. 안타깝고 아까운 마음에 자꾸 아이를 닦달했다. 자꾸 해보면 늘 거라고. 느는 거라고. BTS도 다 너 같은 어려운 시절을 견디고 지금의 자리에 선 거라고. 처음 엔 원래 다 그렇게 어려운 거라며 아이를 부추겼다. 싫다는 아이를 여기저기 자꾸 사람들 앞에서 춤추게 했다.

아이가 나를 닮아 낯을 가리고 쑥쓰러워 하는 모습이 보기 싫었다. 견디기 어려웠다. 내가 낳은 아이가 나를 닮지 않기를 바라며 아이의 삶을 조정하려 했다.

쑥스러워 동네 어른들께 소리 내서 인사 한번 하지 않던 나였다. 비실비실 옆으로 비켜서며 고개를 숙이는 둥 마는 둥 하던 아이였다. 그런 나를 보며 엄마는 속이 터져 죽겠다 며 일그러진 표정을 지었다. 엄마 속이 아무리 터진다 해도 나는 그 이상 어떤 힘도 낼 수가 없었다. 나는 그렇게 생겨먹 은 사람이다. 성실하고 공부를 잘하던 아이면서 비실비실거리며 낯을 가리는 아이였다. 엄마가 날 못마땅하게 여긴다는 걸 알지만 모르는 척 했다. 아는 내색을 하면 혼날 것 같았다.

그러면서 무의식중에 '애써' 밝은 모습, 씩씩한 모습, 활기찬 사람이어야 한다고 생각했다. 나는 최근까지도 내가 굉장히 밝고 에너지 넘치는 사람인 줄 알았다. 주변인들도 대부분 그렇게 말했다. 만족스러웠다. 더 이상 비실거리는 부끄럼쟁이가 아니라는 게 좋았다. 술도 못 마시면서 회식 자리에선 왁자지껄 큰소리로 분위기를 잡았고, 내키지 않아 하는 사람들까지도 굳이 2차, 3차로 끌고 다니는 꽤 와일드한 사람으로 살았다. 그러니까 사람들이 나를 좋아했다. 따르는 후배들도 생기고 예뻐해 주는 선배들도 늘어갔다. 그런데 그건 진짜 내가 아니었다. 점점 버거웠다. 춤을 잘 춘다는 이유로 엄마의 무서운 눈빛에 못 이겨 낯선 친척들 앞에서 춤을 추어야 했던 큰아이의 어색한 몸짓을 보며 점점 이해하게 되었다. 거절할 수 없는 압박에 내키지 않는 몸짓을 해야 했을 아이에게 이제야 미안함이 든다. 아이는 춤을 추고 싶었던 거지 사람들에게 자랑하고 싶었던 게 아니었다. 나는 밝은 척을 하고 있었지만, 실상은 혼자 있는 시간이 절실하고, 혼자 보내는 그 시간으로 에너지를 충전하는 사람이었다. 진한 회식을 하고 나면 며칠간 정신을 못 차리도록 기가 빠져나가는 허약하고 에너지 부족한 사람이었다. 그걸 마흔이 다 되어가는 지금에서야 알았다. 문제는 이런 내 모습을 인정하기가 쉽지 않다는 거다. 활기차고 싹싹하고 에너지가 팡팡 넘치는 '존재감 가득한 사람'이 되고 싶은 욕심이 쉬이 사라지지 않는다. 그래서 더욱 아이만큼은 그런 내 모습을 닮지 않기를 바랬다. 뻔뻔할 만큼 호탕하고 유쾌하고 늘 웃음과 긍정 에너지가 넘치는 아이로 자라기를 간절히도 바랐다. 그리고 내 아이가 그렇게 자랄 가능성이 매우 낮다는 것을 인정하기까지 10년이 넘게 걸렸다.

아들과 나는 참 많이도 닮았다. 우리의 머리카락은 살짝 갈색빛이 돌며, 팔이 긴 편이다. 책과 돈가스, 수박을 좋아하고 아침 식사는 밥보다 빵을 원한다. 수줍고, 부끄럽고, 떨리고, 낯설고, 긴장하고, 힘은 약한 편이다. 어떤 것도 아이의 선택이 아니었다. 지금의 내 모습도 나의 선택이 아니었듯 말이다. 아이의 모습을 그대로 인정하며 있는 그대로의 내 모습으로 살아가련다. 사람들 앞에서 춤춰보란 소리는 이제 하지 않는다.

내가 낳은 아이가 나를 닮지 않기를 바라며
아이의 삶을 조정하려 했다.

대신 울어주는 사람이 있으면 덜 운다

가까운 이웃인 동네 언니에 관한 얘기다. 이웃 언니라고 하면 좀 막연하니, 제시카라고 부르겠다. 제시카 언니를 알게 된 건 3년 전이었다. 서로 첫인상이 별로였다. 그녀는 나를 푼수라 느꼈었고, 나는 그녀를 술고래로 봤다. 술만 먹으면 말 많아지는 종류의 사람을 싫어하는 나와, 실없이 헤프게 웃는 사람을 질색하는 그녀는 서로를 경계했다. 본격적으로 호감이 생긴 건 여름날의 놀이터였다. 전라도 광주 출신인 그녀는 집안일을 도통 돕지 않는 남편에 대한 불만이 혀까지 가득 차올라 있었다. 욕을 찰지게 쉼 없이 두 시간 꽉 채워 해내는 모습에 반했다. 이런 멋진 사람을 봤나. 듣기만 했는데 속이 후련해지는 게 찌는 날 수압 높은 샤워기로 찬물을 들이붓고 있는 느낌이었다. 거침없는 쌍욕을 날려대던 그녀와 '진정한 언니 동생'이 되는 의미 있는 순간이었다. 쌍욕이 섞인 대화를 주고받았다는 건 성격, 취향, 코드 등 중요한 많은 부분이 통한다는 의미다. 서로의 욕을 들어보면 직감적으로 알 수 있다. 그렇게 우린 자연스레 소울 메이트가 되었다. 둘 다 아쉽게끔 나는 아들만 둘, 그녀는 딸만 둘이다. 같은 나이인 큰 아이들은 자주 같은 반에 편성되었고, 지금껏 그런대로 잘 지내고 있다. 만약에 두 아이가 만나기만 하면 서로 물어뜯거나 욕을 퍼붓는 앙숙이었다면 그들의 엄마 되시는 우리 둘이 만나 남편에 대한 쌍욕을 나눌 기회는 없었지 싶다. 우리는 아이들의 무난한 학교생활을 바탕으로 놀이터에서 우정을 쌓아 올렸다.

놀이터에서의 우정이라는 게 또 묘하다. 놀이터라는 공간은 예상치 못한 다양한 일들이 일어나면서도 한없이 지루하기도 한 곳이다. 그곳에서 아이들은 이런저런 이유로 눈물 콧물을 흘려가며 소리를 지르고, 미끄럼틀 꼭대기에서 오줌을 싸고, 때론 똥도 싼다. 신발을 집어 던져 잃어버리거나,

멀쩡히 타던 그네에서 단숨에 날아 발암물질이 팡팡 나온다는 우레탄 바닥에 얼굴을 처박기도 한다. 잘 놀던 아이가 뜬금없이 엄마에게 소리를 질러가며 덤벼대고 엄마는 화가 나 더 큰 소리를 질러대는 요지경 속이다. 엄마들은 요구르트가 담긴 봉지를 싸들고 나오고, 직접 만든 쿠키나 뻥튀기를 봉지째 챙겨 오기도 한다. 누구나 얻어 쓰기 부담 없는 대용량 물티슈나 얼음이 든 넉넉한 물통은 환영받는 아이템이다. 큰돈, 큰 수고 없이 인심을 얻을 수 있다.

찬바람에 기침할까 싶어 아이를 모자, 장갑, 외투에 조끼, 마스크까지 무장시켜 끌고 나오느라 엄마들은 늘 엉망이다. 맨발에 털신을 신고 있기도, 원피스에 야구 모자를 쓰고 있기도 하다. 그런 초라하고 우스운 꼴의 놀이터 엄마들을 보면 내 모습도 저렇겠구나 싶다. 하나 다름없이 너도나도 영 좀 그렇다. 나의 초라한 꼴도 놀이터에선 평범하다. 다들 비슷한 정도로 초라한 건 정말 다행이다. 그런 곳에서 3년이나 쌓아온 우정이니 거칠 게 없었다. 우린 정말 별 얘기를 다 한다. 하면서 그런다. 별소리를 다 하고 있다고. 알고는 있다. 그녀도 나도.

한 번은 언니의 친정엄마가 아파트와 토지 등 재산의 전부를 남동생에게 주기로 했으며 자신 몫으로 오직 2천만 원을 남겨뒀다는 사실을 알고 대번에 식식거리며 전화를 했다.

"아, 열 받아. 놀이터로 나와 봐."

자려던 나는 입고 있던 츄리닝 그대로 슬리퍼에 잠바만 걸치고 놀이터로 나간다. 집 앞에 카페가 있지만 손이 많이 가는 아이를 키우는 우리는 언제나 놀이터다. 다짜고짜 친정 엄마한테 얼마나 서운한지, 남동생 새끼가 엄마 돈을 자기 돈인 양 얼마나 자연스럽게 갖다 쓰는지 다다다다 토해낸다. 그녀의 쌍욕, 언제 들어도 상쾌하다. 재주가 많은 사람인데, 그중에서도 욕을 잘한다.

제시카 언니와 친하게 지내는 앨리스라는 언니가 있다. 제시카와 앨리스 언니의 둘째들은 같은 반의 친구인데, 둘 사이에 문제가 좀 생겼다. 아이들 사이에 있을 수 있는 사소한 문제였는데 속이 상했던 앨리스 언니는 제시카 언니에게 엄마와 아이를 동시에 질책하는 말을 해버렸다. 멀쩡히 잘 지내던 사이에 갑자기 들이받은 것이다. 당황스럽고 기분 나쁘지만, 제시카 언니가 앨리스 언니에게 사과하고 아이들 사이의 관계를 잘 정리하는 것으로 어찌어찌 마무리됐다. 이 문제로 제시카 언니가 속상해 맘고생을 할 즈음에 나는 종종 놀이터로 불려갔다. 이번에는 사안이 좀 심각했고, 언니의 마음이 많이 안 좋았다. 며칠을 제대로 못 잤다고 했다. 놀이터로 안 될 것 같았다. 노가리를 사이에 두고 단정하게 마주 앉았다. 언니는 속상했던 얘기를 담담하게 했고, 나는 무심한 듯 잠자코 들으며 노가리를 씹어댔다.

"언니 정말 열 받았겠네"라는 평범한 맞장구를 치며 듣고 있는데 눈물이 툭. 떨어졌다. 어라. 눈물이 주르륵. 흘렀다. 눈이 벌게지도록 울었다. 언니는 내 눈물에 격한 위로를 받은 눈치였다. 남편도 이해해주지 못하더라며 우는 날 신기하게 여겼다. 언니는 울고 있는 나를 보더니 자기 눈물을 닦아버린다. 눈물이 쏙 들어간단다. 대신 울어주는 사람이 있으니 안 울어도 되겠단다.

그동안 내 살기 바빠, 남의 일은 적당히 무심히 넘기고 살아왔다. 그들이 아무리 힘들어도 내 상황보다는 나을 거라며 나를 위로하느라 애썼다. 그랬던 내가 다른 이를 걱정하며 눈물을 흘렸다. 그것은 다른 이의 아픔을 함께 울어줄 수 있는 사람으로 다시 돌아갔음을 확인한 사건이었다.

언제까지나 내 문제에 빠져 헤어 나오지 못할 것 같았다. 누군가를 만나면 항상 내 상황을 하소연하며 눈물을 흘리는 불쌍한 역할을 담당했었다. 당연하게 생각했고 누구를 위로해줄 처지가 아니라 생각했다. 하지만 마음의 문제였다. 이제껏 위로받는 존재였던 건, 불행하게도 내 마음이 위로받겠다고 결정했기 때문이었다. 내가 세상에서 제일 힘들고, 주변을 봐도 나보다 더 힘든 사람은 없다는 단정이 지옥 속에 살게 했다. 이제 그곳을 빠져나올 첫발을 뗀 것 같다. 나도 누군가를 위로해 줄 수 있는 사람이라는 첫발 말이다. 첫발이 가장 힘들다. 하지만 조금씩 수월해지리라, 더 단단해지고 덜 흔들리리라. 놀이터에서 노가리를 씹으며 누군가의 아픔에 대신 울어주며 결심했다.

마흔 무렵의 취향

　어쩜 이렇게 좋을까 싶던 것들이 슬슬 시들해지고, 싫어서 고개를 저어대던 것들이 괜찮아지는 걸 보니 나이 들어가나 보다. 마흔도 안 된 사람이 나이 타령하면 눈총받는다는 걸 모르지 않지만 그래도 가끔은 나이 타령을 하고 싶다. 스무 살, 서른 살이던 지난날의 젊고 반짝이던 나를 떠올리며 훌쩍 흘러버린 세월을 탓하고 싶어질 때가 있단 말이다. 나이 드는 것만큼 정직하고 자연스러운 일도 없다지만 나이 드는 것만큼 나를 완전히 달라지게 만드는 것도 없다. 좋은 마음 살짝, 서글픈 마음 많이.

40년 가까이 살아오며 많이도 달라졌다. 10년 전의 나와 지금의 나는 같은 사람이라고 생각할 수 없을 정도로 많이 변했다. 성형은 안 했는데 성형한 사람보다 훨씬 더 달라져 보인다. 아, 성형을 더 못나게 하는 사람은 없으니 성형했다는 오해는 받을 일이 없겠다. 둘째 아이에게 젖을 물리고 있는데 윗집 언니가 놀러 와 결혼사진을 보더니 거품을 물고 놀란다. 결혼사진이랑 이렇게 많이 다른 경우는 처음 봤단다. 너무 심하게 놀래서 내가 미안하다고 할 뻔했다.

앞으로 남은 시간들. 확실한 건 예상할 수 없을 만큼 많이 달라질 내 모습이다. 교사가 된다는 걸 상상해본 적 없었는데 지금껏 줄곧 학교에 다니고 있고, 딸을 하나 낳아 기르려 했지만 아들만 둘이다. 아마추어 탁구 선수쯤은 될 줄 알았는데 초등학생 아들의 공도 못 받아치는 평범한 아줌마가 되어 있다. 계획대로 된 게 별로 없어 보이는 지난 40년인데, 앞으로 40년도 그렇게 뜻대로 되지 않을 것 같아 기대된다. 한평생을 함께 살자 약속한 남편과 정말 약속을 지키고 있을지, 평생 쓰리라 맘먹은 글은 정말 계속 꾸준히 쓰고 있을지, 두 아들은 쉰이 되어가는 중년일 텐데 그들 또한 어떤 모습일지 그들이 꾸리게 될 가정은 또 어떤 모습일지 궁금하다. 카페를 좋아하겠지만 여전히 커피 맛은 도통 모르는 채로 살고 있을지, 아니면 드디어 그 어려운 커피 맛을 깨달아 최상급 원두를 구하러 시간을 마다하고 달리고 있을지. 어떤 색의 차를 타고 어떤 색의 머리카락을 가지고 있을지.

지금의 나는 찹쌀떡, 수분크림, 아디다스, 카페라떼, 온수매트를 좋아하고 표고버섯, 굴밥, 11월의 추위, 잔인한 영화를 싫어한다. 터키와 사이판을 좋아하고, 그리스와 하와이에는 팔십이 되기 전에 꼭 한 번 가보고 싶다. 오로지 죽지 않기 위해 조금씩 운동을 하고 있으며 안 해도 되면 가장 먼저 집어치우고 싶은 게 운동이다. 그때의 나는 또 어떤 운동을 꾸역꾸역하고 있을까. 마흔 즈음의 내가 좋아하는 것들과 싫어하는 것들은 팔십이 되어서도 그대로일까. 무엇보다 궁금한 건, 40년 후의 내가 이 글을 읽으며 지난 세월 얼마나 어떻게 달라졌는지 비교해볼 수 있을까이다. 그때 난 온전한 정신과 시력을 지키고 있을까. 팔십 세가 훌쩍 넘어도 맑은 정신으로 젊은 시절 나의 글들을 읽어낼 수 있을까. 그게 가장 궁금하고, 그게 가장 걱정스럽다.

반장, 그게 뭐라고

쿨 한 척은 하지만 실상 누구도 쿨 하지 않은 '반장선거'에 관한 이야기. 시대가 변하여 반장이라는 제도와 권위에 힘이 빠졌다고는 하지만 관심마저 시들해진 건 결코 아니다. 아이들은 새로운 학기가 시작할 때 '이번엔 꼭 반장이 될 테야' 혹은 '반장 선거에 나가야지'라는 묻지도 않는 다짐을 하고, 그런 아이를 대견함과 불안함의 시선으로 바라보는 엄마들이 있다. 반장, 그게 뭐라고.

겪어보지 않은 일에 대해 속단했던 것들을 후회하는 일이 많다. 그중 하나가 반장에 관한 것이었다. 학창 시절, 소극적이고 인기와 존재감이 없던 내게 반장선거는 관심사가 아니었다. 친한 친구가 반장이 되면 떠드는 사람 명단에서 나를 제외해주기도 했기 때문에 단짝이던 남영이가 이번에도 반장이 되느냐가 궁금할 뿐이었다. 이름 적힐 일도 별로 없던 학생이었기 때문에 남영이가 반장에서 떨어져도 실상 별 상관은 없었다. 반장되는 일에 관심 없던 여학생이 기필코 반장이 되고 싶어 하는 두 아이의 엄마가 되고 보니 세상이 달리 보인다. 내 바람도 없진 않았다. 아이가 반장이 되었다며 무심한 척 자랑 한 번 해보고도 싶었다. 반장 선거가 있던 날, 반 아이들의 집에선 어떤 대화가 오가는지 당선과 탈락의 결과를 분석해야 하는 저녁 식사 분위기가 어떤지 엄마가 되고야 알았다. 반장에 관심 없던 어린 시절 우리집에서는 그날이 반장선거일인 줄도 모르고 지나갔기 때문이다.

아이들이 나란히 출마했다. '제가 반장이 되면'으로 시작하는 그 대사를 수없이 연습했다. 그만큼 되고 싶어 했다. 당선 1명, 탈락 1명. 결과가 좋지 않았다. 지방선거 결과를 접하는 당대표의 심정이 이럴까. 웃을 수도 울 수도 없는 날이었다. 반장에 떨어진 둘째 아이는 속이 상해 눈물이 났지만 흘리지 않고 참았다고 했다. 반장이 된 큰아이는 탈락한 동생

덕분에 피자를 얻어먹게 되어 고맙다 했고 그제야 서글픈 탈락자는 슬며시 웃기 시작했다. '2학기엔 꼭'이라는 다짐과 덕담이 오가는 보람찬 저녁 식사다. 탈락은 아이에게도 어른에게도 쉽지 않은 결과다.

새 학기가 되고 얼마 지나지 않아 헐레벌떡 치러지는 반장선거 시기는 담임이 아이들 파악이 제대로 되지 않았을 때다. 그래서 때로 담임은 반장 선거 결과를 놓고 거꾸로 아이들의 성향을 파악하기도 한다. 조용한 줄만 알았던 아이가 떡하니 압도적인 차로 반장이 되는 모습을 보고 새삼 그 아이를 주목하게 되고, 까불까불한 줄만 알았던 아이의 당선을 보면서는 인기 비결을 찾아보려 한 번 더 관찰하게 된다. 어른 눈에 까불까불한다는 건, 친구들 사이에서 무척이나 재미있고 인기 있는 성향의 아이일 가능성이 높다. 철석같은 모범생이라 한자리할 것 같았던 아이가 의외의 저조한 표를 얻고 탈락하는 것을 보면 모범적인 성향 이면의 개인주의적, 혹은 이기적인 모습이 있지 않을까 하는 추측을 해보기도 한다. 아이들은 자기들만의 기준과 시선으로 생각보다 상대방을 제법 정확하게 파악하기 때문이다. 반장이 된 아이들은 실망을 주는 아이들도 있지만, 대게는 학급 임원이라는 타이

틀에 걸맞게 리더쉽과 어느 정도의 모범생적 기질, 잔소리꾼으로 해야 할 역할을 충실히 해낸다. 자리가 사람을 만든다는 건 아이들에게도 여지없이 적용되고 있어, 그렇지 않던 아이도 반장이 되면 전보다 더 노력하는 기미가 보인다. 반마다 반장의 역할은 다르지만 크고 작음과 상관없이 언제나 모든 반에는 '반장이 되고 싶은 아이', '반장이 되고 싶지만 되지 못한 아이', '반장이 되고 싶었는데 정말 반장이 된 아이', '친구가 반장이 되어 기뻐하는 아이', '2학기 반장을 노리고 있는 아이'로 복작거린다. 교실 속 아이들은 모두 결국 반장과 뗄 수 없는 사람들인 거다.

뗄 수 없는 사람이 또 있다. 아이가 반장이 된다는 건, 엄마가 축하 인사만 받으면 되는 일이 아니다. 반마다 학부모회가 결성되는 주축이 '반장 엄마'이며 모임이 잦은 저학년일수록 '반장 엄마'의 역할이 다양하기 때문이다. 그래서 때로 어떤 엄마들은 직장이나 동생 때문에 '반장 엄마' 역할을 두려워하여 '반장 선거에 나가지 말라'는 강요를 하기도 한다. 아이가 그렇게도 원하는데 뒷받침해줄 수 없는 현실을 안타까워하면서 말이다.

우리는 모두 알고 있다. 어린 시절 반장을 했었다고 그 후의 인생이 순탄하고 빛나기만 한 건 아니라는 걸. 번번이 탈락만 했거나 후보에 이름 한 번 올려보지 못했다고 해서 남은 인생이 계속 그렇게 초라하지만은 않다는 걸. 언제나 그렇듯 뜻대로 되지 않는 일은 천지에 널려 있다는 것도 말이다. 그럼에도 아이들은 그놈의 반장이 되고 싶어 기를 쓴다. 온 힘을 다하는 아이의 모습을 보며 반장 됐다고 인생 성공한다는 보장 없더라도, 그 순간만큼은 꼭 됐으면 응원하고 싶어진다.

피자 세 판의 추억

대학을 졸업한 지 일주일 만에 초등학교 담임선생님이 되었다. 스물네 살의 담임에게 맡겨진 28명의 아이가 어색하고 신기하기만 했다. 2월 23일에 대학을 졸업하고 일주일 만인 3월 2일 아침, 교실 가득한 아이들이 나를 보고 '선생님'이라고 했다. 당황스러웠다. 어린이라는 존재가 얼마나 사랑스럽고 순수한 에너지를 주는지 그때 처음 알았다. 물론 그것보다 몇 배쯤 속을 썩여댔고 그보다 몇십 배 더 힘들게 만드는 학부모들까지 만나야 했지만, 좋은 점도 많았다. 사랑스러운 녀석들이었다. 반 아이들이 애인 같았다. 연애하듯 출근했고, 아쉬운 마음으로 아이들을 하교시켰다. 아이들이 돌아가고 난 교실은 허전하고 쓸쓸했다. 어서 내일 아침이 되어 교실이 아이들의 재잘거림으로 가득하기를 바라던 날들이었다. 재영이, 현주, 은규, 성진이, 보라, 성재, 주현이, 유성이. 가장 오래전 만났던 아이들인데 가장 또렷이 기억나는 이름들. 이런 게 첫정인가보다.

1년을 꿈처럼 보내고, 겨울방학이 되었다. 1년 내내 마냥 나를 졸졸 따라다니던 여학생 네 명과 에버랜드에 갔다. 스물네 살과 열두 살. 띠동갑 우리는 함께 있으면 웃음이 끊이지 않았다. 아이들은 나를 부를 때 실수로 '언니'라고도 했다. 얼마 안 되는 월급으로 츄러스를 사 먹이고, 햄버거도 먹였다. 수십 장의 사진을 찍었고 머리띠도 하나씩 둘렀다.

온종일을 꽉 채워 놀고나니 곧 어둑해졌다. 아이들을 한 명씩 집에 데려다주려면 서둘러야 했다. 여정의 첫 코스인 시내버스에 올랐다. 우린 그냥 다 좋았다. 버스 냄새도 좋고, 시끄러운 버스에서 깔깔거리는 것도 좋고, 이제 헤어질 시간이 다가오는 게 아쉬울 뿐이었다. 그러나 마음은 그랬는데 몸은 안 그랬나 보다. 버스에 타니 온종일 꽁꽁 얼었던 몸이 녹기 시작했다. 아이들이 배고플까 싶어 급하게 저녁을 먹고 탔더니 금방 속이 더부룩해졌다. 아이들의 깔깔대는 웃음소리는 서서히 잠잠해졌다. 메스껍단다. 예상치 못했던 상황에 당황스러워 어찌할 줄을 모르고 있는 사이, 두 명이 거의 동시에 버스 바닥에 커다란 피자 한 판씩을 만들어 놓았다. 피자도 문제지만 갓 뱉어낸 토사물의 냄새가 버스 전체에 진동했다. 다른 두 명의 상태도 좋지 않았다. 사실 나는 더욱 좋지 않았다. 아이들보다 먼저 멀미에 시달리는 중이었다. 그런 몸으로 이 피자들을 치워야 했다. 당장이라도 토할 것 같은 속으로 흔들리는 버스 뒷자리 바닥을 닦고 쓸며 치웠다. 앞자리 아주머니께서 딱한 표정으로 휴대용 티슈를 건네셨다. 거의 치우고 이제 됐다 싶었는데 상황은 더 안 좋아졌다. 참을 새도 없이 내가 토를 해버린 것이다. 간신히 다 치운 자리 위에 내가 그대로 토했다. 위에서 견디지 못하고 올라온 토사물에서는 따뜻한 김이 찬찬히 올라왔다. 온종일 이것저것 많이 먹었더니 양도 엄청 많았다. 내가 토하는 걸 지켜본 아이들 누구도 말이 없었다. 머릿속이 하얘졌다. 울고 싶었다. 그대로 거기 주저앉아 울고 싶었다. 다 팽개치고 누가 나 좀 어떻게 해줬으면 좋겠다고 생각했다. 난 그저 에버랜드에서 즐겁게 놀고 집에 가고 싶은 스물네 살짜리일 뿐이었는데 이 순간이 너무 버거웠다. 놀란 아이들이 가방을 바닥까지 뒤져내 휴지를 건넨다. 그걸 받아 입을 닦는데 눈물이 났다. 우리는 수원역에 도착하자마자 화장실에 달려가 세수를 하고 입도 헹구었다. 찬물로 입을 헹구고 옷에 묻은 것들을 닦아내고 나니 메스껍던 속이 잠잠히 정리되었고 홀가분하게 기분이 좋아졌다. 언제 토하고 언제 울었나 싶었다. 아이들과 화장실 거울 앞에 서서 또 깔깔거렸다.

자기들이 토한 것을 치우다가 그 위에 토를 하던 그 철없는 선생님을 아이들은 어떤 모습으로 기억하고 있을까. 멀미 때문에 힘들었을 텐데 힘들단 말도 없이 꾹꾹 눌러 참다 끝내 토를 해버리고 말았던 아이들의 이쁜 얼굴이 지금도 생생하다. 후끈한 시내버스 안에서의 장면이 영화처럼 또렷하다. 다시 돌아가고 싶은 순간. 토 냄새가 진동하던 61번 시내버스의 종점에서 내리던 그 상쾌한 순간. 영하의 찬바람이 콧구멍으로 들어가 우리를 시원하고 말끔하게 위로해주던 그 순간. 화장실의 시원한 물로 입을 헹구던 상쾌한 그 순간으로 돌아가고 싶다. 다시 돌아간다 해도 여전히 철없이 눈물 콧물 쏟으며 토했을 철부지 어른이지만 그 후로 지금껏 그만큼 상쾌한 순간은 만나지 못했다.

가장 중요한 건
실수를 반복하지 않는 것

네 식구가 유럽으로 여행을 떠났다. 촌티가 이루 말할 수 없었다. 기내식이 나오는 비행기를 처음 타보는 아이들은 식사가 나올 때마다 환호성을 지르며 달려들었다. 지나가는 스튜어디스 누나를 불러 세우고는 밥을 한 그릇 더 달라고 하고 있다. 외국인 승무원에게 한국말로 못하는 말이 없다. 내 아이가 아닌 척 눈을 감고 고개를 돌렸다. 저 촌놈들을 데리고 유럽이라니. 출발하는 비행기에서부터 팍팍 느껴지는 생고생의 기운. 이 비행기의 요금이 얼마인지도 잘 모르면서 공짜로 밥을 준다며 엄청 고마워한다. 툭하면 땡큐다. 나도

니들에게 매일 공짜로 밥을 주는데. 그것도 하루에 두 번이나 주는데 왜 나한테는 땡큐를 안하냐.

처음 도착한 파리는 신기하고 좋았다. 미혼 시절 배낭여행 갔던 곳을 아이들과 함께 다시 찾아온 것에 대한 특별한 감동이 전해졌다. 오죽하면 여행하는 내내 부부싸움이 단 한 건도 없었을까. 신기록이다. 우리 부부는 잊을만하면 한 번씩 투덕거리며 살아있음을 확인하는 지극히 평범한 커플이다. 그런 우리가 한 번도 싸우지 않았다니. 마음이 얼마나 야들야들했었는지 짐작케 한다.

그건 그렇고. 파리의 지하철은 들어갈 땐 개찰구에 티켓을 넣어야 열리지만 나올 땐 그런 게 없다. 그냥 바로 출구다. 편했다. 한국에선 들고 날 때 모두 표를 챙겨야 했는데 그 수고가 반으로 준 것이다. 남편이 아이들 손을 잡고 다녔기 때문에 티켓과 지갑처럼 중요한 것들은 줄곧 내 담당이었다. 파리에 머무는 나흘 동안 매일 지하철을 탔다. 나중엔 생판 모르는 지하철역의 안내판 프랑스어들도 친근하게 느껴질 정도였다. 매일같이 지하철을 탔지만 한 번도 지하철 출구에서 표 검사하는 걸 본 적이 없었다. 그날도 아무 생각 없이 지하철에서 내려 출구로 향하고 있었다. 그날만 유독 남편의 지하철 표를 내가 챙겨놓지 않았다. 내 것과 아이들 것만 챙겼고, 남편은 알아서 챙기겠다고 했다. 표를 통과시켜 입장해 지하철을 탔고 이제 내려서 나가기만 하면 되는데 저쪽에서 낯선 풍경이 보인다. 출구를 막고 서 있는 경찰들. 드디어 말로만 듣던 무임승차 불시검문이구나. '오호, 재미있겠는데? 이것도 아이들에게는 좋은 경험이 되겠다. 무임승차를 하면 저렇게 되는 거야'라며 준법정신에 관한 논평은 금방이라도 술술 나올 준비가 되어 있었다. 티 나지 않게 속으로만 살며시 긴장하며 내게 있던 표 3장을 꺼내 들었다. 남편도 표를 찾기 시작했다. 10초, 20초…. 시간이 흐른다. 시간이 아무리 흐르고 메고 있던 백팩을 다 뒤집어 쏟아도 표는 없었다. 5분이 지나간다. 경찰은 표정을 찌푸리고 아이들은 겁에 질렸다. 짧은 영어로 호소해봤지만, 소용이 없었다. 우리는 가족이고 다 같이 표를 샀다고, 어디쯤에서 어떻게 잃어버렸는지 알 수 없지만 분명히 표를 사서 이용했다고. 하지만 아무리 기다려도 상황은 바뀌지 않았다.

친절한 파리 경찰들은 프랑스어를 한 마디도 모르는 내게 매우 친절한 프랑스어로 설명했다. 알아들은 건 50유로를 내라는 것뿐이었다. 한국 돈으로 7만 원쯤 되는 돈이었다. 정말 무임승차를 했었다면 반성과 회개의 기회로 삼겠지만 멀쩡히 사서 들고 다녔던 고작해야 1유로쯤 하는 표를 잘 챙기지 못한 대가로는 쓰렸다. 파리의 경찰들은 친절이 지나치다. 카드 결제기를 들이대며 친절을 떨어댄다. 현금이 없어 못 내는 줄 알았나 보다. 돈 많았는데, 유럽 간다고 엄청 많이 환전했는데, 선뜻 손이 움직이질 않았다. 속이 좀 쓰렸다. 내가 이 정도면 짠돌이 남편은 말할 것도 없다. 결국 벌금을 내고 숙소로 돌아오는 데 다들 힘이 없다. 50유로에 마음 상해버린 우리들은 각자 별말이 없었다. 궁금해하는 아이들에게 대충 상황을 설명해주었다. 그 돈이 없어 쓰린 건 어른이지 아이가 아니기에 특별한 생각이 없어 보였다.

다음 날도 우린 지하철을 탔다. 평소처럼 지하철 표를 샀고, 그 표를 넣어 개찰구를 통과했다. 아이들은 대번에 걱정스러운 표정으로 아빠를 본다.

"아빠, 지하철표 가지고 있지 말고 엄마 드려요. 또 잃어버려서 50유로 벌금 내지 말고. 같은 실수를 반복할 순 없어. 엄마가 잘 챙기니까 아빠도 얼른 엄마 드리세요."

아이들이 어제의 상황을 정확히 모르는 줄 알았다. 파리 경찰과 나 사이에 후다닥 이루어진 결제였고 프랑스어와 영어가 마구 섞인 알아들을 수 없는 대화였다. 아이들은 일부러 조금 멀찍이 떨어져 기다리고 있었고, 그 일이 있고 나서 별다른 질문도 없었다. 그냥 그렇게 아이들에게 잊혀 버린 해프닝인 줄만 알았는데 실은 다 알고 있었다. 그런 일이 반복될까 걱정하고도 있었다. 부모가 속상할 것을 짐작하여 모르는척 해준 것이다. 아이들에게 가장 중요한 것은 그 돈이 아깝다거나 그 돈이면 뭘 할 수 있었을 텐데 하는 애달픈 후회와 아쉬움이 아니었다. 상황은 벌어졌다. 아이들에게 가장 중요한 건 실수를 반복하지 않는 것. 다시는 이러지 않기로 노력하는 것이었다. 중요한 게 무엇인지를 제대로 알고 있었다.

하지만 나는 계속 속이 쓰렸다. 50유로가 드는 무언가를 선택하는 순간이 오면 자꾸 지하철에서 결제한 그 돈이 생각났다. 로마에서 아이들이 입 벌리고 구경하며 타고 싶어 했던 마차 시티투어가 30분에 50유로였고, 밀라노의 여성복 매장에서 본 반짝이며 고급진 구두도 50유로쯤이었다. 그때 벌금을 내지 않았다면 할 수 있었을 것들이 불쑥불쑥 여행을 따라다니며 나를 괴롭혔다. 한 번도 입 밖에 내지 않았지만 사실 여러 번 속으로 되새겼다.

오늘 운동장 나가도 되나요?

몇 년 전쯤, 베이징 시내의 모습이라며 시민들이 마스크를 쓰고 횡단보도 앞에 서 있는 사진을 본 적이 있다. 내 돈 주고는 절대 베이징에 여행 가지 않을 거라는 다짐을 했다. 건강에 예민하거나 유난히 병약한 사람은 아니지만 뿌연 먼지로 가득한 공간이 주는 거부감만큼은 생생했다. 그런데 내가 사는 도시가 먼지투성이가 되다니. 이런 땅에서 사랑하는 어린 자식들을 키우며 살아가자니 한숨이 나온다. 먼지가 많은 날 투덜거리는 아이들을 어르고 달래 마스크를 씌워 학교 보낼 때의 번거로움이란.

불과 2, 3년 전만 해도 이 정도는 아니었던 미세먼지가 이젠 공기처럼 익숙해져 버렸다. 아침에 눈 뜨면 미세먼지 수치를 확인해보는 것이 필수인 세상이 되어버렸다. 덕분에 미세먼지 앱을 만든 사람들이 대박 났다는 소문을 들었는데 그럴 만하다는 생각이 든다. 한참 놀이터를 지킬 나이에(비도 안 오는데) 밖에 나가지 못하는 아이들은 오죽 답답할까. 집 밖에서 놀다가 밥때가 되어야 마지못해 집에 돌아가던 내 어린 시절을 생각하면 이건 정말 재앙이다. 반 아이들은 매일 점심시간이 다가오면 묻는다.

"점심시간에 운동장 나가도 돼요?"

착한 녀석들. 집에서도 얼마나 잔소리를 듣고 사는지 먼지 수치에 순종하는 착한 녀석들이다. 비가 오면 당연히 운동장에서 못 노는 거라고 순응하듯, 먼지 수치에도 고분고분하다. 정말 가끔 먼지가 없어 "오늘 공기 좋네. 점심 먹고 나가서 열심히 뛰어놀고 와."라고 말해주면 "와아!" 함성이 쏟아진다. 내가 공기를 맑혀준 것처럼 고마워하고 좋아해서 민망스럽다.

학교는 전에 없던 민원에 시달리며 너덜거리는 중이다. 먼지가 심하다 싶은 날엔 어김없이 교무실로 전화가 걸려온다. 교실에 공기청정기를 설치해달라는 학부모의 요구다. 시달리는 교감 선생님은 전화를 받을 때마다 오만상을 찌푸리지만 친절하고 담담한 관리자의 목소리로 응답하신다. 학교 측의 입장을 변명하고 싶진 않다. 내가 몸담은 직장의 한계에 대한 어려움을 토로하는 정도랄까. 나 역시 우리 아이들 학교에 전화해 "도대체 교실에 공기 청정기는 언제쯤 설치해줄 것이냐"고 물어보고 싶으니까. 학교란 곳은 정말 답답하게도 연초에 관련 예산이 배정되어 있지 않으면 도중에 큰 예산을 유용할 방법이 없다. 근거할 공문이 없기 때문이다. 예산은 늘 부족하다. 겨울에 아이들이 하교하고 나면 히터가 뚝 끊겨 남은 시간 그늘진 교실에서 덜덜 떨며 일을 하다 퇴근해야 하는 곳이다. 원래 그런 곳이니 하나 둘도 아니고 수십 개의 교실에 배정해줄 공기청정기 예산이 있을 리만무하다. 민원 전화가 걸려왔다는 소식을 들을 때마다 기대를 해보지만 나의 교실에도, 우리 아이들의 교실에도 여전히 소식이 없다. 학교가 아니라 청와대 홈페이지라도 두드려봐야 할까. 나라에서 특별 예산을 배정하여 교실 안의 공기청정기가 현실화하길 바라고 있다. 선풍기뿐이던 교실에 어느새 싱싱한 에어컨 한 대씩 돌아가고 있는 것처럼 말이다. 과

도기를 사는 지금이라 더욱 그런 것 같다. 몇 년 후엔 당연하다는 듯 교실마다 공기청정기가 있을 것이고, 교실의 일꾼인 교사들은 공기 청정기 필터를 관리하는 달인이 되어 있겠지. 그래도 좋으니 교실 안에서 개운하게 숨 좀 쉬어보았으면. 작은 공간 안에 많은 아이가 밀집되어 하루를 보내는 교실은 늘 먼지로 가득하다. 수시로 환기를 시켜도 부족한 공간인데 바깥 먼지 무서워 꼭꼭 닫아놓고 지낸다.

"이 나라를 떠나야 할까요?"라는 질문이 맘카페에 부지런히 올라오는 뿌연 날의 아침이면 얌전히 마스크를 쓰고 등교하는 아이들의 모습이 퍽 애처롭다. 운동장에서의 체육 수업은 기대하기 힘들어 운동할 만한 빈 교실을 찾아 헤맨다. 강당에 여러 반이 동시에 수업하는 일도 점점 잦아진다. 아무리 후덥지근해도 교실 창문을 활짝 열어 바람을 초대할 수 없으며 예쁜 꽃이 피어나는 봄날, 반 아이들과 후르륵 야외 수업을 나가버리는 일도 이젠 보기 어려운 풍경이다. 비정상이라 생각했던 풍경들이 어느새 일상이 되었고 그것이 정상이라 여겨지는 시간을 살아내고 있다. 운동장에서 놀아도 되냐고 물을 필요 없이 급식을 먹은 후엔 뒤도 돌아보지 않고 달려나가 얼굴에 땟국물이 흐르도록 신나게 놀고 들어

왔으면 좋겠다. 그 덕분에 오후 수업은 어수선하고 엉망이
되어도 좋으니 운동장에 나가지 못해 교실에서 몸을 비틀어
대는 일은 없었으면 좋겠다.

아이들의 얼굴에 땟국물이 흐르도록
신나게 놀고 들어왔으면 좋겠다.

출근과 동시에 불면증이 사라졌다

　나는 잠이 많다. 깊게 많이 잔다. 그런 사람이 직장을 쉬고 아이들 키우며 이 생각, 저 생각에 잠을 설쳤다. 살림을 꾸리는 일은 얼핏 여유로워 보이지만 만만치 않은 싸움의 연속이다. 아이들을 키운다는 건 셀 수 없는 고민과 매 순간 마주한다는 걸 의미하기 때문이다. 아이들에게 친구가 많아도 고민이고 없어도 고민이며, 키가 작아도 커도 고민, 살이 쪄도 날씬해도 고민이다. 아이들 문제만 고민이냐면 그렇지 않다. 고민이 직업같은 나 같은 엄마들은 다른 엄마들 때문에도 고민해야 한다. 엄마들 모임에 어디까지 나가고 안 나갈지도 결정해야 하고, 모임에서 수다스러워야 할지 얌전해야 할지도 미리 고민한다. 반 모임에 간단한 간식거리를 준비해오라는데 아이들이 먹을 만한 것을 준비할지 엄마들이 좋아할 만한 것으로 준비할지 혹은 두 가지를 다 준비하는 게 좋을지. 별것이 다 고민이다 싶지만, 찬찬히 살펴보면 더없이 심각하고 진지한 안건들이다.

그래서. 잠이 안 왔다. 내 일상엔 신경 쓸 일이 너무도 많았다. 잠자리에 누우면 생각할 일이 많았고, 결정할 것도 무수했다. 사는 게 왜 이렇게 복잡하고 신경 쓰이는지 도저히 제 정신을 차릴 수가 없었다. 쉽게 잠이 들지 못했다. 새벽까지 잠을 설치다보면 피곤하고 찌뿌둥한채로 하루를 시작해야 했다.

그러다 시간이 흘러 다시 직장에 나가게 되었다. 첫 출근을 하고 돌아온 날 밤. 뒤통수를 댔을 뿐인데 바로 깊은 잠이 시작되었다. 이런 깊은 잠은 몇 달 만에 처음이었다. 화장도 안 지우고 시작된 초저녁잠은 다음 날 새벽까지 쭉 이어졌다. 얼마나 깊이 잤는지 아이들이 어떻게 저녁 시간을 보내다 잠들었는지 아무 기억이 없다. 알람 소리에 놀라 일어나 찬찬히 어제저녁을 돌이켰다. 지우지 않은 두꺼운 화장이 보기 싫게 뭉개져 있었고 이를 닦지 않고 잤더니 목이 말랐다. 전날까지 머릿속을 헤집어 놓았던 수백 가지의 고민은 그 고민의 주제와 이유가 무엇이었는지 조차 기억나지 않았다. 다시 출근의 하루가 밝았다. 고민에 빠질 시간도 여유도 없이 박차고 나서야 하는 하루가 꼬박 밝아왔다. 그렇게 불면증은 나를 떠났다. 첫날의 단잠 이후 날마다 깊은 잠에 빠졌다. 저녁밥 먹기 직전에도 잠들 수 있고, 먹은 후는 물론이며, 8시에 잠들 수도 9시에 잠들 수도 있다. 더 이상 불면증은 나를 괴롭히지 못했다. 아쉬운 점이라면 즐겨보던 밤 11시의 예능 프로들과도 멀어졌다는 것이다. 얻는 게 있으면 잃는 게 있는 법이다.

안 해도 될 고민과 걱정까지 있는 힘껏 모두 내 것인 양 온몸으로 끌어안고 살았는데, 그 고민을 하고 싶어도 더 이상 할 여유가 없어져 버렸다. 더 이상 아이에게 일어나지도 않을 일들로 고민할 시간도, 엄마들과의 미묘한 신경전에 휘말릴 일도 없어졌다. 직장맘의 하루는 피곤하지만 극도로 단순해졌고 웬만한 일들은 그다지 중요하거나 걱정거리가 아니라는 과감한 분류도 가능해졌다. 퇴근하고 온 남편이 입고 들어온 옷 그대로 침대에 머리만 대면 코를 골던 모습을 진심으로 이해하게 되었고, 퇴근했을 때 식탁 위에 밥이 보이지 않으면 냉장고를 열었다 닫았다 하는 초등 6학년 남자아이 같은 모습도 내 것이 되었다. 이해의 폭이 상당히 넓어졌고 아이처럼 단순해졌으며 입맛이 좋아졌다. 무엇보다 못 고칠 줄 알았던 불면증을 싹 고쳐 깊은 잠을 자니 컨디션이 썩 괜찮게 유지됐다. 이 모든 게 불과 출근 일주일 만에 일어난 혁명적인 일들이었다.

급식 시간에 생긴 일

학교 급식이 시작되면서 교사들에게 점심시간은 수업 시간 이상으로 중요한 일과가 되었다. 전교의 학급들이 공평하게 순서를 돌려가며 먹을 수 있도록 급식 순서표가 학기마다, 달마다 새로이 만들어지고 순서에 어긋나지 않게 적당한 시간에 급식실에 당도해야 한다. 식판에 음식을 하나하나 받아서 테이블로 걸어가는 짧은 시간 동안에도 아이들의 사건, 사고는 끊이지 않는다. 하루 한 번은 늘 식판을 떨어뜨리거나 뒤집어엎는 아이가 나온다. 실수는 괜찮다. 엎어진 밥상은 다시 받아오면 되고 바닥은 닦으면 된다. 문제는 식욕이 없고 편식이 심한 아이들을 지도할 때의 곤란함이다. 내 자식 같으면 강제로 입을 벌려 싫어하는 나물 반찬도 입에 욱여넣고 혼내서라도 밥을 끝내 다 먹여 버리고 싶은데 내 자식이 아니니 그게 안된다. 교실에서 만나는 아이들을 지도할 때 가장 고민되는 지점, 아이는 아이인데 '내 아이'가 아니라는 점이다. 내 아이라면 차라리 편하게, 그리고 확실한 방법으로 바로 잡아버릴 것 같은 문제도 '남의 아이'이기 때문에 참아야 하는 순간이 가장 고민스럽다. 번번이 편식하고 밥을 새 모이만큼 먹으며 인상 쓰고 앉아 있는 저 아이가 차라리 '내 아이'라면 좋겠다는 생각이 들기도 한다. 어르고 달래가며 억지로 밥을 먹였는데 구토를 해서 아차 싶어 급식 검사를 중단했더니 얼마 지나지 않아 학부모의 요청이 들어왔다. '아이가 식사를 충분히 골고루 먹을 수 있도록' 지도해달라는 것이었다. 그 아이만 따로 다 먹었는지 검사를 할까도 생각했지만, 식욕 없는 그 아이는 억울한 마음에 대번 학교 다니기 싫다며 눈물 콧물을 흘려댈 것이 뻔해 그만두었다. 왜 나만! 이라는 마음은 어른에게도 아이에게도 힘든 감정이다.

아이들이 밥을 모두 잘 받기를 확인했다가 한술 뜨기 시작하는데 빨리 먹고 나가 놀 생각에 후딱 먹어 치운 남자아이들이 다 먹은 식판을 막 들이민다. 아이들이 밥을 다 먹을 때까지 계속 검사를 하고 부실한 식판들을 달래어 몇 숟갈 더 먹이느라 나는 밥을 어떻게 먹는지도 모르게 된다. 그러고 나면 늘 남아있는 아이들이 또 남아있다. 서너 명의 아이들이 식판의 밥풀을 세고 앉아 있다. 아주 잘게 썰린 나물 한 줄기를 붙들고 심호흡을 하고 있다. 식욕 없긴 마찬가지인 나는 그 맘을 절절히 잘 알고 있지만 모르는 척한다. 그 순간 그들에게 필요한 건 점심시간의 미션인 '모든 반찬 한 입씩 꼭 맛보기'를 수행시켜줄 엄격한 표정의 선생님인 것을 알기에 위로와 동정은 싹 뺀다. 마지막 아이까지 끝났다. 먹고 살려고 하는 일인데 먹고 살기 참 어렵다. 아이들을 어디까지 '먹고 살게' 해야 할지 갈등한다. 급식 검사를 하지 않는 금요일이면 아이들만 표정이 밝은 게 아니다. 정신 차리고 반찬 챙겨 먹을 수 있는 시간이 있어 내가 더 여유롭다. 싫은 반찬이 나와도 끔찍한 종류의 국이 나와도 금요일의 우리는 괜찮다. 그렇게 하루 한숨을 돌리고 쉬어간다.

부러움에 못 견딘 내가 시작한 일

이동길이라는 사람에 관한 이야기. 이 사람은 내 남동생
이다. 86년생. 3녀 1남 중 1남 역할을 하고 있다. 만화에나 나
올법한 이름인지라 놀려먹기 딱 좋았다. 고길동, 길동이, 똥
기리. 유치해 보여도 이름 갖고 놀리는 게 제일 쉽고 재밌다.
나는 주로 길동이 새끼라고 부른다.

동길이는 재수 끝에 교육대학에 입학했고, 졸업 후 또 한
번의 재수 끝에 초등임용고시에도 합격했다. 공부를 잘하고
열심히 하던 아이였다. 초등학교 선생님이 되었다. 총각 선
생이 웬일로 1학년을 맡았고, 담임 역할을 매끄럽게 해내는

듯했다. 교직을 유지하기 위해서는 그것이 안정된 수입과 노후가 보장된 직장이라는 사실을 끊임없이 상기해야 한다. 그렇지 않으면 계속해서 이직의 유혹에 시달릴 수밖에 없는 박봉의 고단한 직장이기 때문이다. 그러나 시작할 때 뚜렷한 교육관이나 직업관이 없더라도 그만둘 땐 좋은 근무 조건과 방학, 공무원 연금을 포기할 만한 미치도록 간절한 이유가 필요한 것이 또 교직이기도 하다.

동길이는 1학년 철부지들을 2학년으로 키워 곱게 올려 보낸 2월 말. 사직서를 내고 학교를 나왔다고 했다. 그의 고민이 언제부터였는지는 묻지 않았다. 고민의 흔적도 눈치채지 못했던 무심하고 살기 바쁜 누나였다. 저 새끼 대책도 없이 큰일을 저질러 버렸다며 3녀들은 쉴 새 없이 입방아를 놀려댔다. 물론 사랑하는 동생을 향한 진심에서 우러나온 애정 가득한 욕이었다. 우리는 걱정스러운 일을 만나면 일단 욕부터 하고 보는 단란한 가정에서 자랐기 때문에 이번에도 기다렸다는 듯 온갖 비속어를 섞어가며 오래간만의 흥미로운 대화 주제를 놓치지 않았다.

동길이는 홍대에 외국인 관광객들을 겨냥한 게스트하우스를 만들었다. 여행을 좋아하고 즐기던 건 알았지만 그걸

업으로 삼을 줄은 몰랐다. 한 푼 없던 가난한 총각이, 배운 거라곤 초등교과 심화 과정 뿐이며, 경력이라곤 4년 남짓한 교직뿐인 그가 승부수를 던졌다. 자식들을 교사로 만드는 게 꿈이었던 부모님의 걱정과 마음고생은 굳이 적을 필요가 없을 것 같다. 두 분은 흰머리가 눈에 띄게 늘어가셨다. 기존의 사업장을 인수한 게 아니라 상가를 얻어서 하나부터 열까지 다 직접 만들었다. 공사비용을 한 푼이라도 아끼려고 온 식구가 동원되어 페인트를 칠했다. 마침 육아휴직 중이던 나는 잠시 고용휴직이 되었다. 난생 처음 페인트칠을 해보고 공사 먼지를 뒤집어썼다. 새하얀 먼지와 페인트를 머리카락부터 온몸에 뒤집어쓴 친정 부모님은 동상처럼 늘 그 현장에 계셨다. 일 잘하는 동길이의 친구들은 잘하는 만큼의 고기를 먹어 치우고 갔다. 공사비용만 얼핏 2억이 들었고, 모두 대출이라 했다. 나도 그 대출의 일부를 도왔다. 가족끼리 돈거래 하는 거 아니랬다. 가족끼리는 하면 안 되는 일이 너무 많다. 안 되는 일은 한 번 꼭 해보고야 마는 성격이라 나와 남편의 신용을 탈탈 털어 대출을 받아줬다. 해도 괜찮은지 어떤지는 직접 해보고 결정하고 싶었다. 우리의 돈거래는 아름다웠다. 밥 사 먹을 돈도 없던 사업 초기에도 꼬박꼬박 이자를 입금했으며, 원금을 상환하는 데는 몇 달도 걸리지 않았다. 다행스러운 동시에 궁금해졌다. 월매출이 도대체 얼마인건가. 그렇게 홍대입구역에는 전에 없던 게스트하우스 하나가 생겨났고 절찬 영업 중이다. 월 순이익 천만 원이 넘어가는 대박 행진 끝에 2억의 대출을 갚았고 이제야 본전이란다. 돈이란 건 어떻게든 덜 쓰고 차곡차곡 모아 아파트 대출 갚는 일에 소중하게 사용해야만 하는 줄만 아는 내겐 낯선 돈의 단위들이었다.

그가 또 일을 벌였다. 이번엔 모임 카페란다. 분주하다. 체인까지 내보겠다며 야심 차다. 또 한 번의 성공으로 이어지리라는 보장은 어디에도 없지만 다행인 건 이번엔 대출이 1억 안쪽이란다. 이번에도 동길이는 며칠 밤낮을 꼬박 새워가며 카페에 조명을 달고 못을 박았다. 결심한 지 두 달여 만에 홍대 입구에는 전에 없던 멋진 카페 하나가 생겨났다. 몇 달 지나지 않아 카페의 매출이 게스트 하우스의 매출을 넘어섰다는 낭보가 들렸다. 어느 정도 예상은 했지만 그보다 훨씬 속도감 있게 들려온 소식, 대단한 놈이다. 동길이라는 유아틱한 이름이 무색해진다. 그는 이제 '이 대표님'이라고 불린다.

그런데 문제가 생겼다. 사랑하는 동생의 사업이 또르르 잘 굴러가는데, 전혀 예상치 못한 문제가 생겼다. 내 마음들이 좀 이상해져 왔다. 사돈도 아니고 피를 나눈 가족이 땅을 샀는데, 배가 아파지기 시작했다. 척척 벌어들이는 꿈같은 액수와 늘어가는 사업장. 젊은 나이에 빠르게 이룬 성공 앞에 주변인들의 행복지수는 낮아졌다. 3녀들의 마음이 비슷했다. 똑같은 일을 하며 똑같은 월급을 받던 우리 부부의 심정은 더 복잡했다. 우리도 저렇게 될 수 있었던 걸까. 지금이라도 시작해볼까. 정말 하고 싶은 일을 하고 사는 게 인생 아닌가. 아니야, 동길이도 마냥 좋지만은 않을 거야. 혹시라도 사표 던진 걸 후회할지도 몰라. 조금이라도 후회하거나 아쉽다는 말을 해주길 바라며 슬쩍 질문을 던져보지만 지금의 바쁜 일상이 힘들지만 재미있단다. 좋아하는 일을 하면서 월매출을 훌륭하게 뽑아내고 있는 삶이 부러워 괜히 내 일상이 초라해졌다. 반 아이들과 교감하는 소소한 즐거움도 시시하게 느껴졌고, 매달 17일이면 어김없이 입금되는 월급도 별로 고맙지 않았다. 뭐 괜찮은 사업 아이템 없을까 포털 사이트를 두리번거렸고, 책을 보러 서점에 가도 에세이나 소설보다는 성공 신화를 일군 대박 창업자들의 자기계

발서를 들추며 나의 가능성을 가늠해보기도 했다. 온갖 복잡 미묘한 감정들 사이에서 마음을 추스르는 건 어디까지나 각자의 몫이다.

그의 인생을 본받기로 했다. 여섯 살 어린 동생의 모습에서 배움을 얻기로 마음먹었다. 그것 밖에는 지금의 내 마음을 추스를 방법이 달리 없다. 동길이는 그의 몫의 삶을 열심히 살며 대출을 갚아갈 것이고 나는 내 몫의 삶을 묵묵히 살아가야 한다. 진심으로 동길이에게 고마운 것은, 동길이의 사표가 아니었다면 지금의 내가 없었을 거라는 사실이다. 동길이의 성공을 지켜보고 부러움에 못 견딘 내가 뭐라도 해야겠다며 두리번거리다가 찾은 일이 바로 이것, 흰 종이에 글자들을 죽 늘어놓고 지웠다 썼다를 반복하는 일이니 말이다.

그날은 수요일이었다

그날은 수요일이었다.

초등학교에서의 수요일은 다른 요일과는 조금 다르다. 전교생이 수업을 일찍 마치기 때문에 교직원 연수가 주로 수요일에 열린다. '교외체험연수'라는 것도 그중 하나다. 한 학기에 한 번 정도 수요일 하교 후, 전 교직원이 의무적으로 학교 밖으로 나가 연수 시간을 가져야 한다. 박물관이나 미술관, 근처의 체험 학습장 등에 간다. 콧바람도 쐬고 문화생활도 하고 함께 나간 학년 선생님들끼리 친목도 다진다. 훗날 학생들을 인솔하여 현장체험학습으로 가볼 만한 장소인

가도 살펴본다. 생각해보면 공식적으로 업무를 일찍 접고 나가는 날인 건데 좋지만은 않다. 아이들 하교시키고 돌아서면 일기장 검사, 수학 익힘책 검사, 공문 보내고, 평가지 만들고 등등 매일 만만치 않은 일들이 쌓여 있다. 그래서 안 나가는 게 속 편한데 안 나가면 혼난다. 그날의 연수는 이미 학년 초에 계획되어 공문에 기재된 학교교육과정에 포함되어 있기 때문이다. 아마도 공무원의 진정한 정의는 '공문대로 움직이는 사람'일 듯하다.

그날은 같은 학년끼리 교외체험연수를 나가기로 계획서를 결재받아 놓은 날이었다. 그날은 하필 그런 수요일이었다. 사건이 있었다고 해서 결재가 끝난 계획을 취소할 순 없었다. 교무실에 모여 벼락같은 사고 소식에 관한 이야기를 나누면서도 "1, 2학년 선생님들은 이따 몇 시에 나가지?" 라는 교감 선생님께 "네, 2시에 출발입니다." 라는 태연한 답을 했다. 우리는 계획대로 진행했다.

연수 장소로 결재받아둔 곳은 하필 꽃이 예쁘기로 소문난 공원이었다. 4월 중순이니 한껏 예뻤다. 꽃이 만발한 공원을 걸으면서도 핸드폰 기사에 자꾸 마음이 쏠렸다. 뭐 하는 건가. 지금 나는 여기서 왜 꽃구경을 하는 걸까. 배에 탔던 많은 사람, 그중에서도 수학여행을 떠난 학생들 대다수의 생사를 확인할 수 없다는데, 사망자와 실종자 숫자가 계속 늘어나고 있는데 나는 꽃을 보며 공원을 걷고 있다. 교실에 앉아 피곤한 어깨를 주물러 가며 수학 익힘책 채점을 하고 있었다면 죄책감과 미안함이 덜 했을 텐데. 두 시간 정도의 공원 산책 후엔 계획된 일정대로 근처 식당에서 밥을 먹어야 했다. 교사 연수의 식사비로 책정된 돈은 무조건 그날 결재해야만 한다. 영수증에 찍히는 날짜가 중요하기 때문이다. 그래야 공문대로 예산 집행이 된다. 아이들이 배에서 빠져나오지 못하던 그때 공문에 계획된 그 밥을 먹었다. 나중에, 아주 나중에 학생들이 사망한 시간을 추측하는 보도를 보면서는 더 기가 막혔다. 식당의 티브이를 보며 테이블 위의 반찬들을 골고루 챙겨 먹던 그 시간이었기 때문이다.

다들 별 말이 없었다. 눈과 귀는 기울어져 있는 티브이 속 배의 모습에 고정이다. 4년이 지난 지금도 그 때의 티브이 화면이 생생하다. 꽤 괜찮은 한정식집인 걸로 기억하는데 맛도 반찬의 종류도 기억나지 않는다. 식사를 마쳐가는데도 생존자 구출 소식은 들리지 않고 실종자 명단만 끝없다. 보고 있자니 공원을 산책한 후 근처 식당에서 밥을 먹고 있는 내가 우스웠다. 공문의 노예가 된 기분이었다. 이 상황에서도 계획대로만 움직여야 하는 공무원이라는 직업이 기가 막혔다.

밥을 거의 먹어 가는데 2주 후로 계획된 운동회를 연기해야 할 것 같다고 학교에서 연락이 왔다. 그날은 또 마침 열심히 찍은 운동회 무용 샘플 동영상을 1학년 아이들에게 처음으로 공개하고 다 함께 연습한 날이었다. 아이의 첫 운동회에 참석할 부모님들을 위해 열심히 무용 연습, 조별 달리기 연습을 시작한 아이들이 모든 걸 중단해야 한단다. 그래. 그게 뭐가 중요한가. 운동회를 가을로 미루어야 하고 봄으로 예정되었던 운동회 일정을 정상 수업으로 변경하기 위해서는 교육과정을 수정하여 다시 편성해야 한다는 것에 생각이 미치자 기분이 나빠졌다. 사람이 죽고 사는 마당에 운동회와 교육과정을 고민하는 내가 맘에 들지 않아서였다. 그게 뭐. 어쨌다고.

궁금하고 걱정스러운 마음에 열심히 기사를 검색하고 사망자들의 사연을 읽으며 글썽였지만, 그뿐이었다. 난 여전히 매시간 수업을 준비하느라 바빴고, 퇴근하면서는 오늘 저녁에 뭘 해먹을까 고민했고 아이들 유치원 준비물을 챙기느라 동동거렸다. 그 모든 일이 끝나고 나야 잠자리에 누워 눈덩이처럼 쌓여있는 사고 관련 기사를 검색하다 졸음을 못 이기며 하루를 마무리할 뿐이었다.

그렇게 4년이 지났다. 지난 4년, 나는 눈에 띄게 건강해졌고 살이 붙었다. 그때쯤 막 운동을 시작했던 남편의 배드민턴 실력은 월등히 늘었으며 유치원에 다니던 아이들은 초등학생이 되었다. 남편은 직장을 가까운 곳으로 옮겼고 언어치료를 받던 둘째는 귀가 따갑게 말을 쏟아내는 수다쟁이가 되었다. 집 사느라 생긴 대출을 좀 갚았고, 그간 연락이 끊겨버린 지인들도 있지만 새롭게 깊어진 좋은 사람들도 몇 생겼다.

나의 지난 4년은 이렇듯 많은 일이 있었는데 그곳에서는 모든 것이 멈추어 버렸다는 것이 가장 아프다. 이제는 그 가족들의 삶도 조금씩 하나씩 달라졌으면 좋겠다. 멈췄던 운동을 다시 하고 가까운 곳으로의 나들이를 계획하고 영화도 보고 책도 읽었으면 좋겠다. 어렵겠지만 조금씩 일상으로 돌아가 저녁 반찬을 고민하고 가족 모임에도 참석하고 계절이 바뀔 땐 그에 맞는 옷을 고르러 나섰으면 좋겠다. 그들이 그렇게 될 수 있다면 내 맘속의 미안함이 덜어질 것 같아 바라본다. 아이들이 배 안에서 그렇게 하늘나라로 떠나던 시간에 공원을 산책하고 한정식을 먹었던 내 미안함과 부끄러움이 덜해지는 방법은 그것뿐인 것 같아 바램을 적어본다.

Part 4

그리고, 이은경이다

키다리 아저씨께

키다리 아저씨, 오늘은 퍽 하늘이 흐렸어요. 미세먼지는 봄철에나 찾아와 괴롭히는 줄 알았는데 이제 사시사철 찾아와 저를 힘들게 하네요. 먼지 때문에 왜 괴롭냐고요? 먼지가 많은 날은 제 할 일이 두 배도 넘게 불어나거든요. 빨래도 두 배, 샤워도 두 배, 먼지 때문에 비염이 심해지면 병원에 다녀오기도 해야 해요. 유난이다 싶으시겠지만, 이 정도는 신경 쓰고 살아야 할 것 같아요.

직장에서 속상한 일이 있었어요. 제가 만만해 보이나 봐요. 분명 제가 들으면 기분 나빠할 게 뻔한 얘기들을 아무렇지 않게 제 앞에서 하네요. 그런데요, 제가 더 바보 같아요. 싫다는 말 한마디 못하고 아무렇지 않은 척 히죽히죽 따라 웃었어요. 그런 제가 너무 싫지만 정색하며 "그만 하세요."라고 한 마디 쏘아붙일 용기가 없었어요. 아저씨, 그 사람들이 내일 또 제게 그런 식으로 군다면 한 마디 받아치는 게 좋을까요? 아니면 늘 그랬듯 실없이 웃고 말아버릴까요? 늘 이랬던 것 같아요. 앞에서는 웃지만, 실제 제 마음은 몹시 아프고 속상해요. 그렇게 속상하면 하지 말라고 하면 될 것을 그렇게도 못하고 속으로만 앓고 지낸답니다. 이렇게 사는 게 맞는 걸까요? 정답이 있는 걸까요? 아저씨의 생각이 궁금해요.

오늘 점심시간에 제가 가장 좋아하는 치킨 샐러드와 계란찜이 나왔어요. 부끄러움을 무릅쓰고 큰 소리로 외쳤어요. "조금만 더 주세요!" 정말 조금만 더 주더군요. 넉넉히 담아주기를 바라고, 더 달라 하고 싶었지만, 그 말을 두 번 연속할 순 없었어요. 왠지 사람들이 저를 보고 웃을 것 같았거든요. 그 정도로 만족하고 먹기 시작하는데, 옆 반 선생이 무려 세 번이나 반찬을 더 가져다 드시는 걸 봤어요. 당당하게 많이 드시는 모습이 부러웠어요. 치킨 샐러드와 계란찜을 많이 받은 것도 부러웠지만 다른 사람의 시선을 신경 쓰지 않고 하고 싶은 대로 행동하는 그 모습이 더 멋져 보였어요.

친구 현미가 집을 사려나 봐요. 여기저기 알아보고 있는데, 문제는 지금 사는 집이 나가지 않아서 다른 집을 결정할수 있는 상황이 아니라는 거에요. 퍽 안타까운 상황이랍니다. 집이 잘 해결되면 좋겠어요. 하지만 나쁘지만은 않은 것이, 현미의 남편이 다니는 회사에서 집을 살 때 무이자로 대출을 해주기로 했대요. 정말 좋은 회사죠? 사장님, 최고예요. 아저씨가 사장님이시라면 아마 이런 사장님이실 것 같다는 생각을 했어요. 아저씨를 보지 못했지만, 아저씨는 분명 멋지고 마음씨 넓고 지혜로운 분일 거라 믿으니까요. 그나저나 현미의 집이 어서 나가야 할 텐데. 추워지는 날씨 때문인가 집을 보러 오는 사람이 별로 없다나 봐요. 저는 현미가 정말 좋아요. 자주 만날 수 없지만 언제나 마음으로 의지하고, 아저씨께 보내는 편지들을 현미에게 먼저 보여주기도 한답니다. 현미는 재미있다며 다음 편지를 기다리지요. 제게 현미라는 친구가 있다는 건 대단한 행운인 거 같아요. 아저씨께도 현미처럼 마음을 터놓고 의논할 수 있는 친구가 있나요? 아저씨는 좋은 분이니 분명 좋은 친구가 많으실 테지요.

아까 카페에 앉아 글을 쓰는데 재미있는 일이 있었어요.

제 바로 뒷자리에 앉은 두 아주머니가 말싸움하는 게 아니 겠어요? 가만히 들어보니 두 분은 한 남자의 옛 애인과 현 부인이었어요. 설명이 좀 복잡한가요? 다른 말로 어떻게 설 명해야 할지 모르겠는데 어쨌든 그래요. 두 아주머니가 한 남자에 관해 얘기 나누는 걸 듣고 있으니 드라마를 보는 것 처럼 흥미진진했어요. 둘 다 기분이 좋아 보이지 않았어요. 저는 그분들을 등지고 앉아 있었기 때문에 얼굴을 볼 수 없 어 정말 궁금했어요. 둘 중 누가 더 예쁠까가 물론 가장 궁금 했지요. 그렇지만 나름대로 혼자 그분들의 얼굴과 모습을 상 상하며 얘기를 듣는 것도 재미있었답니다. 나중에 제게 이 런 일이 일어난다면 두 사람처럼 카페에 앉아 얘기를 나누 는 사이가 될 수 있을까 하는 궁금증이 생겼어요. 아저씨라 면 어떨 것 같으세요? 또 한 가지 신기했던 건, 팽팽하게 싸 우던 두 분이 아이를 데리러 갈 시간이라며 벌떡 일어나 사 이좋게 나가는 장면이었어요. 두 아주머니의 아이들은 같은 학원에 다니는 것 같았어요. 어른들의 세계는 이해되지 않는 부분이 여전히 너무 많네요. 제가 어른이 되어 결혼한다면 이해할 수 있을까요? 어쨌든 저는 오늘 친구의 애인이었던 남자와는 결혼하지 않겠다는 다짐을 했습니다. 지켜질 수 있을지 모르지만 말이에요.

일찍 일어나 하루를 시작했더니 편지를 쓰고 있는 지금 눈꺼풀이 내려앉으려 해요. 눈이 오는 아침엔 버스를 타는데요, 버스를 탄 날은 이런저런 상상을 많이 할 수 있어 좋지만, 저녁엔 여지없이 이렇게 졸음이 쏟아진답니다. 오늘 버스에서는 가방에 넣어간 떡을 꺼내 먹었어요. 비닐에 싼 백설기를 오물오물 먹고 물병의 물도 다 마셨어요. 아저씨는 아직 안 주무시겠죠? 저는 오늘 일찍 잠자리에 들까 합니다. 내일은 어쩌면 영화를 보게 될 수도 있을 것 같아요. 얼마만의 극장 나들이인지 많이 설렙니다. 어서 내일이 되면 좋겠어요. 내일 영화를 보게 되면 그 이야기를 가득 편지에 담게 될 것 같아요. 그럼 이만 쓸게요. 키다리 아저씨, 안녕히 계세요.

2017년 11월 28일 은경 올림

자존감을 높이는 아주 간단한 방법

좋은 글을 모아놓은 수첩에서 자존감을 높이려는 방법으로 '의식적으로 시간을 따로 마련해 매일 좋아하는 일을 하는 것'이란 문장을 발견했다.

'의식적으로'

'시간을 따로 마련해'

'매일'

'좋아하는 일을' 하는 것이라니.

대단하고 멋진 일들이 아니라 실천하면 기운이 나고 편안하게 해 주는 일들이면 된단다. 혼자서 할 수 있는 간단하고 단순한 것일수록 좋다고 한다.

나의 경우를 생각해보자면, 몇 가지가 있긴 하다. 새벽에 일어나 노트북을 끌어안고 글을 쓰는 것, 빈 교실에서 좋아하는 음악을 틀어놓고 아이들이 올려놓고 간 일기장 검사를 하는 것, 잠들기 한 시간 전에 보고 싶었던 책을 읽는 것. 심하게 피곤하거나 아프지 않으면 매일 하려고 노력하는 것들이다. 물론 이것들을 모두 다 하게 되는 날은 드물다. 한 가지라도 할 수 있으면 그럭저럭 괜찮은 날이 된다. 거창하게 자존감까지 들먹이지 않더라도, 이것들을 하고 나면 도대체 온종일 뭘 하느라 바빴는지 모르겠다는 시큰한 기분이 들지 않아 좋다. 하고 싶은 일은 하나도 못하고 해야 하는 일들에 시달리며 보낸 후의 지치고 너덜너덜한 감정이 아니라는 게 위로가 된다. 반면에, 좋아하지 않으면서 매일 꾸역꾸역 해내야 하는 일들은 그 열 배가 넘는다. 예를 들면 쓰던 글을 멈추고 아침밥을 차려내야 하는 것, 막히는 출근길을 황급히 밟으며 운전해야 하는 것, 저녁마다 얼굴에 쌓인 때를 씻어내는 것, 저녁 식사 준비와 설거지, 아이들과의 숙제와 공부. 이 밖에도 훨씬 많다. 나의 하루는 이렇게 좋아하는 일 몇 가지와 좋아하지 않는 일 수십 가지로 가득 차 돌아간다. 피할 수 없으면 즐기라고 하는데 그럴 만큼 매사 긍정적이고 활기 찬 사람은 아니기에 저녁 설거지 중에는 아무래도 기분이 별로일 수밖에 없다. 도저히 파이팅이 나오지 않는다. 매일 대여섯 시간씩 서서 큰 소리를 내야 하는 수업 덕분에 퉁퉁 부어 아픈 다리로 저녁 준비를 하고 있자면 다리보다 마음이 더 아프다. 누가 좀 차려주면 소원이 없겠는데 아이들은 나만 쳐다본다. 나보다 더 바쁜 직장에 시달리는 남편에게 기대할 수도 없는 형편. 궁리 끝에 찾아낸 방법은 상상에 빠져버리는 것이다. 빨간 머리도 아니면서 앤 흉내를 낸다. 팍팍한 현실에서 지나치게 서글프거나 슬퍼지지 않기 위한 나만의 방법이다. 요즘 주로 하는 상상은 우리 가족의 10년 후 모습이다.

10년 후면 아이들이 대학 진학을 할 나이다. 본인들 하고 싶은 일을 찾아 미국이나 유럽의 대학에 진학하겠지. 대학 기숙사 생활을 하며 꿈을 향해 조금씩 가는 거다. 난 그들의 유학 생활을 받쳐줄 만 한 돈은 없지만, 상상이니까 상관없다. 그때의 나는 유명한 작가가 되어 있다. 세계 어디서든 글만 쓰면 되는 삶을 누리고, 일 년에 몇 달씩 원하는 외국의 도시에 머문다. 몇 달 만에 다음 책이 되어줄 원고를 들고 한국에 들어오면 강연에 초청되어 독자들과 이야기를 나누고, 강연비도 두둑이 번다. 인세와 강연비는 다음번 나라로의 항공권 결제에 소중하게 사용될 것이다. 뭐 이런 끝없는 상상들로 수북하던 저녁 설거지는 착착 깨끗한 그릇들로 바뀐다. 개운한 상상 한 판이면 피로에 쩐 직장맘의 하루도 그럭저럭 기분 좋게 마무리 된다. 살아오며 지금까지 뜻대로 된 일은 별로 없었다. 되는가 싶다가도 안 되고, 안되다가 더 안 됐다. 그래서 상상을 한다. 꿈을 꾼다. 안 되는 일 투성이였기 때문에 그리 실망할 것도 실은 없다. 그런데도 꿈을 꾸고 신나게 상상을 한다. 나에게 의식적으로 시간을 따로 마련해 매일 좋아하는 일은 바로 상상하는 것이다. 그렇게 일상을 웃으며 버티며 그럭저럭 자존감을 유지하며 살아간다.

친구의 슬픔에 눈물이 나고,
성공에 피눈물이 난다네

친구의 슬픔을 보면 눈물이 나고,
친구의 성공을 보면 피눈물이 난다네

〈세 얼간이〉라는 인도영화에 나오는 말이다. 이 영화를
보며 모처럼 실컷 웃었다. 단순하면서도 유치함이 돋보이는
딱 내 취향의 영화였다. 심각하거나 배배 꼬이거나 지나치게
어려운 영화는 질색이다. 현실도 충분히 심각하고 배배 꼬여
있는데, 일부러 시간을 내어 더욱 심각해질 필요는 없지 않
은가. 나이 들수록 단순하고 보이는 게 전부인 게 좋다. 그런

면에서 인도 영화는, 특히 이 영화는 홀딱 내 취향이다. 아이들과 함께 볼 수 있는 영화라는 것도 맘에 들었다. 초등학생인 아이들과 함께 볼 수 있는 영화는 애니메이션 정도인데, 만화는 또 질색이다. 애니메이션을 보러 함께 들어갔다가 너무 심하게 코를 골아 아이들을 망신스럽게 한 뒤로는 극장에 애들만 들여보낸다.

〈세 얼간이〉에서 줄곧 1등을 놓치지 않던 주인공 란초가 시험을 망쳤다. 형제처럼 친하게 지내던 두 친구가 슬퍼하며 위로를 해준다. 훈훈하다. 친구들의 진심이 이 먼 곳까지 느껴졌다. 여기까지는 평범하다. 우리들 일상 곳곳에서도 볼 수 있는 평범한 장면이다. 주변인의 어려움에 함께 마음 아파해주고 시간이 약일 거라고, 이겨낼 수 있을 거라고 진심을 담아 위로를 하고, 위로를 받는 일은 자주 일어난다. 좋지 않은 일은 생각보다 수북하게 생겨나기 때문이다. 신선하게 놀라고 공감한 장면은 얼마지 않아 펼쳐졌다. 망친 줄만 알았던 시험의 결과가 바뀌어 란초가 결국 1등을 하게 됐다. 란초는 눈물을 그치고 환하게 웃는다. 예상대로라면 아까 함께 울며 슬퍼해 주던 친구들이 달려와 축하해주어야 한다. 하지만 그렇지 않았다. 이 사실을 알게 된 두 친구가 나라 잃은 표정으로 슬퍼한다. 두 친구는 상심한 마음을 이겨내고자 춤을 추며 노래를 부른다. 축하할 일에 대놓고 슬퍼하는 모습도, 그렇게 슬픈데 춤을 추며 노래를 부르는 모습도 유쾌하게 신선했다.

학부모 상담,

엄마와 담임은 한 편이다

"선생님, 그래서 어떻게 하면 좋을까요?"

학년 초 담임 상담 주간, 하루도 빠짐없이 듣는 질문이다.

사실 담임이 어머니께 되묻고 싶은 질문이다.

그래서

어떻게

하면

좋을까요?

아이에 관해 부모와 교사의 걱정에는 어떤 대답이 가능

할까.

여자 둘이 마주 앉아 한 아이를 떠올린다(담임이 남자인 경우와 아빠가 상담을 오시는 경우는 십 퍼센트도 되지 않으니 여자 둘이라 하겠다). 어색한 미소와 묘한 긴장이 돈다. 어떤 얘기부터 꺼내야 할까, 어떤 이야기를 듣고 싶어 할까, 어떤 이야기는 하지 않는 편이 낫겠고 어떤 이야기는 꼭 꺼내야 할 것 같다. 상담을 신청하고 시간 맞춰 복도를 서성이다 교실로 들어오시는 엄마들의 두근대는 마음을 잘 안다. 행여 애 망신시킬까 싶어 깨끗한 옷을 꺼내 입고 안 하던 화장도 하고 학교를 향하는 엄마의 마음. 현실 속 모성애는 이런 모습이다. 그 수고와 시간과 마음을 어떻게 채워 드리면 좋을까, 상담 갔더니 별거 없던데라는 허무한 맘이 들지 않게 어떤 말들로 알차게 채우면 좋을까.

담임이 어떤 사람인지 궁금해서, 애한테 무심해 보일까 봐, 학기 초라 한 번은 눈도장을 찍어야 할 것 같아서, 이놈 새끼가 학교에서 제정신으로 지내고 있는지 심히 걱정되어서, 학원을 보내야 할지 어떨지 고민스러워서, 아이가 어릴 때 앓았던 질환에 대해 알리고 신경 써 주십사 부탁드리고 싶어서. 다양한 내용의 상담 신청서가 눈처럼 소복이 쌓인다. 거의 모든 교사를 가장 분통 터뜨리게 하는 건 '꼭 만나서 상담을 하고 싶은 아이의 엄마만 신청서를 끝까지 내지 않는다'는 사실이다. 반면, 아이에게 눈에 띄는 문제가 없고 고칠 점도 없이 무던하게 잘 지내는 아이의 엄마는 빠짐없이 신청서를 내는 편인데 해마다 비슷하다.

교사들은 많은 아이를 단시간에 파악해내는데 전문가다. 특별히 눈에 띄는 문제가 있는 아이들은 개학 첫날이면 바로 레이다에 잡힌다. 이미 학기 시작 전인 2월에 전 담임에게 인수한 요주의 학생 리스트도 있다. 아이에 대한 편견이 생길 수 있다는 위험도 있지만 대부분 이 리스트는 신학기 학급운영과 생활지도에 매우 긍정적인 소스가 되니 걱정하지 마시길.

어머니마다 짊어지고 오는 아이에 관한 걱정 보따리가 매년 새롭고 점점 다채롭다. 학부모 상담이란 걸 처음 해봤던 15년 전의 상담 내용이 주로 학교 공부나 친구 관계 같은 단조로운 주제들이었다면, 요즘은 좀 달라졌다. 스마트폰 중독, 카카오톡 사용 부작용, 게임 중독, 선행 학습처럼 주제와 고민이 다양해졌다. 자녀의 수가 한둘로 줄어들다 보니 실제 상황보다는 엄마의 걱정이 과한 경우도 많다. 막연히 학교

생활에 대한 궁금증으로 학교를 찾던 예전의 상담과는 달리 자녀를 훈육하는데 어려움을 느끼고 이에 대한 고민을 털어놓는 분들이 늘어나고 있다. '우리 아이는 정말 많이 소중하니 특별히 신경을 써주십시오'라는 직설적인 요구도 단골이다. 태연하고 미소 띤 표정으로 '우리 아이만'을 외치는 어머니께는 어떤 답이 흡족할까. 신경을 많이 쓰겠다는 모범 답안을 드린다. 만족스러운 미소가 번진다. 세상에 소중하지 않은 아이가 있을까. 담임이 신경 써야 할 아이는 그 아이 한 명이 아닌데. 엄마의 철없는 요구에 괜찮게 봤던 아이마저도 왠지 철없어 보이는 느낌이다. 우리 아이만 특별히 예뻐해 달라는 요구를 하면 실제로 예쁨 받을 수 있을 거란 착각이 안타깝다. 그렇게 하지 않아도 교실의 아이들은 예쁘다. 정말 예쁘다. 어린이라는 존재는 가만히 있기만 해도 그냥 예쁘다. 인생의 한때, 조건 없는 예쁨을 받을 수 있는 유일한 시절 아닌가.

2년 연속 가르쳤던 한 여자아이의 엄마는 봄, 가을 빠짐없이 상담을 오셨는데 네 번의 상담 내내 한결같이 시어머니 흉만 보다 돌아가셨다. 상담 시간을 훌쩍 넘기기가 일쑤였기 때문에 시어머니에 관한 이야기만 총 두 시간 넘게 들은 셈이다. 아이가 수줍음을 많이 타 수업 시간에 발표를 힘들어한다고 했더니 평소에 애한테 지나치게 잔소리를 많이 하는 시어머니 탓이라 했고, 아이가 편식이 심한데 가정에서 어떻게 지도하시냐 했더니 반찬을 골고루 챙겨주지 않은 시어머니 탓이라 했다. 이쯤 되자 시어머니가 정말 측은하게 느껴졌고, 아들만 둘인 내 팔자가 서러워 눈물이 났다. 노래방을 운영하시던 어머니 한 분은 하얗고 반들반들한 말티즈를 안고 오셨다. '언니, 우리 가게에 놀러와. 시간 많이 줄게.' 경쾌하게 웃으며 인심을 쓰셨다. 드디어 나도 특별히 시간을 많이 받을 수 있는 노래방이 생겼다니. 감사하다며 따라 웃었다. 신기한 게 그 엄마의 딸도 가끔 나를 '언니'라 불렀다. 내가 언니처럼 생겼나 보다. 아줌마라고 부르지 않아서 고마웠다.

상담 주간이 끝나면 몸살이다. 전교의 담임들이 주말 내내 몸살이다. 저녁까지 꼼짝 못 하고 앓아누웠다가 아이들에게 간신히 피자를 시켜주고 또 눕는다. 이제 막 알아가기 시작한 한 아이에 대해 그 아이를 세상 가장 잘 알고 있을 엄마와 얘기를 나눈다는 것은 극도로 온 신경을 집중하며 에너지를 쏟는 일이다. 1년 중 가장 고된 일주일이다. 신기한 것은 입술이 부르트고 온몸이 뻐근하고 목이 쉬도록 힘든 상담 후에 오는 묘한 뿌듯함이다. 오직 그 한 아이만을 위해 30분을 내어 함께 고민하고 조금이라도 도움이 되어줄 방법을 나누는 그 시간이 주는 든든함이 달콤하다. 그렇게 면을 익히고 서로 어떤 성향의 사람인지 알게 된 엄마와 교사는 서로의 1년을 다짐한다. 목돈을 은행에 맡겨두고 나오는 느낌이 꼭 이럴까. 안 해봐서 비교하긴 어렵지만 비슷할 것 같다. 어떻게 하면 좋을지에 대해 결론 내리지 않았지만, 정답에 관한 결정적인 힌트를 나누어 가진 세상의 두 사람이 되었다. 그게 고맙다. 상담을 마치고 교실을 나서는 어머니들께 진심을 담아 끝인사를 드린다.

"바쁜 시간 내어 상담하러 와주셔서 정말 감사드려요."
나는 진심으로 교실에 와주신 어머니들이 고맙다. 그녀들이 아이들을 돌보느라 가장 바쁠 그 시간에 교실에 오기 위해서는 아이 간식을 챙겨주고 부지런히 돌아서야 했을 것이며, 직장에는 눈치 보며 반차를 내야만 했다는 것을 아는 나이가 되었기 때문이다. 그 수고와 정성, 모성애와 관심이 정말 고맙다.

오직 한 아이만을 위해 함께 고민하고
방법을 나누는 그 시간이 든든하다.

둔하게 산다는 것

    타조에 관한 추억이 있다. 비슷한 추억을 가진 사람은 아마도 없을, 희귀한 추억이다. 6학년 때, 아빠께서 갑자기 타조를 구입하셨다. 믿기 어렵겠지만 당신이 알고 있는 그 타조 맞다. 식구 수대로 여섯 마리를 사셨다. 사서 봉지에 담아 집에 들고 오신 건 아니고, 농장에 위탁하여 키우기로 하셨다. 공무원이셨던 아빠는 요즘으로 말하자면 투잡, 부업, 재테크 그런 의미에서 한 마리에 500만 원짜리 타조를 여섯 마리나 사셨다, 덜컥. 그러니까 3천만 원 어치인데, 우리는 그럴만한 여유 있는 집은 결코 못되었다. 타조 가죽의 인기가 엄청나게 올라갈 거라는 업자의 말에 솔깃하셨던 모양이다. 내가 귀 얇은 게 딱 아빠를 닮았다. 타조 농장을 찾은 우리는 신기해서 입이 벌어졌다. 못마땅한 티를 계속내시는 엄마와 대조적으로 아빠는 농장 여기저기를 뛰어다니는 타조를 보며 흐뭇해 하셨다. 한 우리에 모여 있던 타조 여섯 마리. 저것들이 우리 아빠 꺼라니, 이런 신기하고 신기한 일이. 그곳에 두고 잘 키워서 비싼 값에 팔 수 있을 거라는 아빠의 기대에 물정 모르는 우리도 덩달아 들떴다. 제발 타조 가죽 가격이 팍팍 오르기를 바랬다. 그 후로 아주 가끔 한 번씩 가서 타조를 들여다봤다. 눈동자가 500원 동전보다 더 크고 티브이에서 보던 것보다 훨씬 크고 멋있었다. 중학생이 되어 바빠진 나는 타조가 잘 있는지 무심해졌고, 한 마리가 비실거리다가 죽었다는 소식에 잠시 놀랐지만 그다지 큰일은 아니었다, 내게.

그러던 어느 여름날, 학교를 마치고 땀을 흘려가며 집에 왔는데 혼자 계시던 아빠가 유난히 나를 반기신다. 얼른 손을 씻고 오란다. 후딱 교복을 갈아입고 손을 씻고 보니 싱크대 도마 위에 피가 뚝뚝 흐르는 커다랗고 벌건 고깃덩어리가 있다. 도마를 가득 채우고도 삐죽 튀어 나올 만큼 큰 덩어리였다. 이게 그거란다. 눈 크고 키 크고 잘 달리던 그 타조 란다. 인제 그만 키우기로 했으니 맛있게 먹자고 하신다. 오늘 아침까지도 농장을 걸어 다니던 싱싱한 타조가 도마 위에서 피를 흘리고 있었다. 닭이나 오리와는 비교가 안 될 만큼 그 덩어리의 크기가 상당했다. 예상보다 꽤 고기가 많이 나오는 동물이구나 싶었다. 아빠는 고기를 꺼내 놓고는 내가 집에 오길 기다리셨던 거다. 저 고기를 잘게 썰어 한 번 먹을 분량씩 비닐에 담으라신다. 칼도 꺼내주시고, 비닐도 준비해 주시고 오늘 유난히 친절하시다.

"아, 그래요? 네, 썰죠 뭐."

가장 잘 드는 칼을 들고 썰기 시작했다. 피가 너무 흥건해 고무장갑을 낄까도 생각했지만, 손이 둔하여 잘게 썰기 힘들까 봐 맨손으로 시작했다. 특별한 어려움은 없었다. 썰어서 차곡차곡 쌓아놓으니 잘한다고 칭찬해주셨다. 생고기가 처음에는 좀 빡빡해도 리듬을 한 번 타면 속도가 붙어 괜찮다. 칼날의 뒤쪽에 힘을 주면 더 잘 썰린다는 걸 그때 배웠다. 공부보다 훨씬 재미있었다. 덩어리가 커서 시간이 꽤 걸렸다. 절반이나 썰었을까. 아빠가 시계를 보며 갑자기 서두르신다.

"비닐로 덮어 치워라. 나중에 다시 해야겠다. 연화 올 시간 됐네. 연화는 이런 거 싫어하니까 오기 전에 얼른 치우자."

연화는 두 살 아래 여동생이다. 비위가 약하고 후각이 예민한 동생이 혹시라도 피 흐르는 고기를 볼까 봐, 그걸 보고 기분 나빠할까 봐 얼른 치우라는 거였다. 고기를 봉지에 묶어 냉장고에 넣고 흥건했던 도마와 칼은 싹 씻어냈다. 여동생은 개 코에다 비위가 약하다. 괜히 핏자국이 눈에 띄면 피곤해진다. 다행히 동생이 도착하기 전, 타조의 흔적을 모두 없앨 수 있었다. 우리는 토막 살인사건의 공범들처럼 민첩하게 움직이고는 씩 웃었다. 그날 저녁 반찬에 고기볶음이 있었는데, 그 고기가 타조라는 얘기는 굳이 하지 않았다. 덕분에 가족 모두 맛있는 저녁을 즐겼다. 고기를 볶은 엄마는 그 고기가 타조라는 걸 아셨을까, 모르셨을까. 행여나 비위 약한 동생들이 타조는 먹지 않겠다 할까 봐 모르는 척 열심히 먹었다.

조금은 예민하고, 까탈스럽고, 유난하게 굴어야 대접받을 수 있다는 걸 나도 안다. 그 모습이 부러워 나도 좀 그래 볼까 싶을 때도 있었지만 안 그러길 잘했다 싶다. 살다 보니 둔하고 성실하게(실은 좀 멍청하게) 사는 게 큰 재산이 되기도 하더라. 둔하고 성실한 덕분에 갓 잡은 타조를 조각조각 썰어

보는 별스러운 경험도 했으니 말이다. 이렇게 살다 보면 별놈의 일을 겪게 되는데, 덕분에 인생이 훨씬 다채로워졌다.

아빠는 분명 기억하지 못하실 거다. 만약 기억하신다면 아빠는 싱긋 웃으며 이렇게 말씀하실 거다.

"은경이 니가 성실하고 차분해서 이런 일을 잘하잖아"

아빠는 공감 능력은 떨어지지만 매사 긍정적이시며 칭찬을 툭툭 잘 뱉으시는 멋진 분이다. 아빠는 잘못이 없다. 동생은 더욱 아무 잘못이 없다. 잘못한 사람은 없는데 괜히 좀 억울한 기분도 들고 손이 피범벅이 되도록 열심히 썰던 모습이 떠올라 웃음이 나기도 한다. 가끔 티브이에서나 동물원에서 타조를 마주할 때면 새빨간 피를 뚝뚝 흘리며 도마 위에 올려져 있던 고깃덩어리가 떠오른다.

걱정을 다스리는 법

이것이 나의 진짜 직업이 아닐까 생각될 정도로 하루의 많은 시간을 애들 걱정으로 보내던 시절이 있었다. 그게 자식 사랑인 줄 알았다. 걱정할 일은 너무도 많았다. 자식이 학교에 잘 다녀도 진짜 잘 다니나 싶어 걱정이고, 다니기 싫다 그러면 마음이 쿵 내려앉으며 걱정이고, 인기가 많으면 괜히 입에 오르내릴까 걱정이고, 없으면 기죽어 지낼까 봐 걱정했다. 친구가 많으면 여기저기 어울려 다니기만 할까 봐 걱정이고, 없으면 당연히 또 걱정이었다.

그렇게 한 10년을 걱정으로 살다 보니 진절머리가 났다.

이제 제발 그만하고 싶다. 도대체 언제까지 이렇게 걱정하며 살아야 할까. 결심한다고 없어지는 게 아니란 걸 알지만 일단 걱정을 그만하기로 했다. 되는지 안 되는지 일단 해봐야 알 수 있을 테니.

그리고 과한 걱정에 둘러싸인 일상에 관한 연구를 시작했다. 남은 생을 걱정만 하다 죽게 될 것 같아 끔찍했다. 한 발자국 떨어져 일상을 관찰한 지 한두 달쯤 지났을까. 신기한 사실 하나를 알게 됐다. 이렇게 걱정 많고 어두운 사람인 내가 세상 쿨한 대인배로 변신할 때가 있었다. 홀로 걱정에 빠져 있을 땐 세상 시름 다 짊어진 심각하고 우중충한 사람일 뿐인데, 누군가 내게 걱정거리를 털어놓을 땐 직설적이고 명쾌하고 긍정적으로 간결한 답을 내놓는 것이 아닌가. 나 자신만 아니었으면 정말 멋지다고 손뼉을 쳤을 근사한 모습이었다. 툭툭 던지듯 내어놓는 해결책을 들은 상대는 진심으로 고마워했다. 더 솔직히 말하면 해결책도 꽤 훌륭했다. 현실적이면서도 힘과 위로가 되는 해결책이 바로 여기, 내 입에서 술술 흘러나왔다.

"역시, 은경아. 너한테 얘기하고 나니까 속이 시원하다. 말해줘서 고마워."

"언니, 언니 얘기 들으니까 별일 아닌 것 같아 맘이 한결 가벼워졌어요."

"진작 너한테 말할걸. 해결책 땡큐."

상대가 고맙다며 웃음을 지어 보이면 맘으로 온갖 잘난 척을 해댄다.

'뭐 이런 별거 아닌 일로 걱정을 끌어안고 있다니. 이런 간단한 해결책이 있는데.'

다른 이의 고민은 쉽게 풀어내고 해결책까지 제시하면 서 정작 자신은 사소한 고민에 빠져 허우적거리다니. 역시 제 머리 못 깎는 중이 남의 머리는 기가 막히게 잘 깎고 있 구나. 언제쯤 내 머리를 깎을 수 있을까.

내가 내 머리를 깎아보기로 했다. 삐죽삐죽 쥐 파먹게 될 수도, 땜빵이 생길 수도, 팔이 닿지 않는 곳은 미처 못 깎을 수도 있겠지만 일단 바리깡을 들이대 보기로 했다. 내 모습 을 관찰하기 위해 프로세스를 설계했다. 사람이 너무 많은 생각 속에 살면 별짓을 다한다.

걱정을 없애기 위한 나만의 프로세스

① 걱정이 발생한다(당연하다. 걱정거리는 쉼 없이 발견된다).

② 걱정을 진행하지 말고 일단 멈춘다.

③ 이와 비슷한 걱정을 할 수도 있을 것 같은 주변인을 떠올린다(나만큼이나 사고뭉치들을 키우고 있는 엄마를 고르는 게 빠른 해결에 도움이 된다).

④ 그녀와 내가 커피를 두고 마주 앉아 있는 장면을 상상한다.

⑤ 어두운 표정의 그녀는 깊은 한숨을 쉬며 내게 걱정거리를 털어놓는다(내가 하려고 맘먹은 그 걱정이 그녀의 입에서 나온다).

⑥ 말이 끝나기 무섭게 얄미울 정도로 쿨한 표정으로 말한다. "그게 뭐 별일이야. 이렇게 하면 되잖아."

⑦ "아하, 그러면 되겠구나. 별일 아니네." 밝은 표정으로 헤어지는 우리들.

내가 부르는 이 방법의 이름은 '유체이탈대화법'인데, 걱정하는 나와 그 걱정이 별 것 아니라고 잘라 말하는 내가 마주 앉아 대화를 나누는 모습을 상상하는 방법이다. 나를 미치게 하는 걱정거리는 내 일이 아닌 상대방이 꺼내놓은 걱정거리라 생각하면 된다. 누군가 이 걱정을 내게 털어놓고 있다 상상해보자. 내 일이 아니라 상대방의 일이며 나는 그저 걱정을 듣고 적절한 대답을 해주면 되는 것. 해결책이 술술 나온다. 내가 이렇게 지혜롭고 쿨하고 결단력 있고 통 큰 사람이었던가. 그리도 무겁던 걱정들이 실로 가볍고 별 것 아닌 일이 되어버린다. 실제로 지난 한 달간 내가 했던 걱정과 유체이탈대화법을 소개해본다.

"아침에 애들이 자꾸 늦게 일어나서 허둥대느라 아침밥을 잘 못 먹어"
"밥 말고 시리얼 먹여. 하루 아침밥 안 먹어도 안 죽어"

"요즘 선생님이 너무 무서워서 학교 가기 싫다고 아침마다 힘들어하네"
"이런저런 다양한 선생님을 만나보는 게 아이에게 얼마나 좋은 경험인데. 싫을 때가 있어야 좋을 때 더 많이 기뻐할 수 있는 거야. 호랑이 선생님도 만나봐야 정신 차리고 살지."

"애가 비염 때문에 눈이 가렵고 자꾸 충혈되네."

"천식 없는 게 어디야. 비염은 봄만 잘 견디면 지나가잖아. 그리고 작년 생각해봐. 작년보다 올해 훨씬 좋아졌지? 내년 엔 더 좋아질 거야. 정 힘들어하면 한약 한 재 먹이면 좀 낫겠 지, 뭐."

　타고나길 걱정에 휩싸여 살아가는 사람에겐 이같은 상상 이 도움이 된다. 몇 달간의 꾸준한 연습으로 이제 웬만한 걱 정엔 유체가 이탈되어 바로 대화를 나누고 걱정을 마무리한 다. 시간이 단축되고 습관처럼 유체가 이탈된다. 마주 앉아 대화를 나누는 두 명의 나를 상상하며 키득거리다 보면 웬 만한 일들은 별일 아닌 게 되어 버린다.

김영란 여사님 덕분에

　내가 초등학교 교사라는 사실을 알게된 동네 엄마들이 자주하는 질문은 두 가지다.

　"애들 공부는 어떻게 시켜야해요?"

　나도 모른다. 반에서 유난히도 죽어라 책을 읽던 아이들이 일류대에 턱턱 들어가더라는, 경험에 의존한 어설픈 통계를 내놓는다. 아이에게 책을 많이 읽히라는 유치원생도 할 수 있는 평범한 답을 내놓고는 부끄러워 죽겠다. '할 놈은 하고 안 할 놈은 죽어도 안 한다. 어떻게 시켜야 할지 나도 아주 그냥 답답해 죽겠다. 할 놈인지 안 할 놈인지 궁금해 죽겠다. 일단 방치 중이다.' 이렇게 적나라하게 답할 순 없지 않은가. 내 진심은 이게 맞지만, 진심을 말해버리면 성의 없어 보일까 봐. 그러면 교사에게 실망할까 봐. 첫 번째 질문은 대충 얼버무리며 패스.

"선생님들 정말로 커피 한 잔도 안 받는 거 맞아요? 다음 주 상담인데, 아무것도 가지고 오지 말라고는 하는데 정말 빈손으로 가도 될지 너무 고민돼서 묻는 거예요."

이 질문 자신 있다. 촌지의 역사는 김영란 여사님 이전과 이후로 나뉜다. 뭔가 애매하고 찝찝했던 학교의 촌지 문화에 큰 획을 그어주셨다.

실은, 교사들끼리도 미묘한 신경전이 있었다. 어떤 반은 받고 어떤 반은 받지 않았다. 받는 반은 떳떳지 못해 하고, 안 받는 반도 그 나름의 고충이 있다. 받는 물건은 상담 주간에 가방에 살짝 넣어서 들고 오시는 롤케이크이나 핸드크림, 립스틱, 선크림, 고급 볼펜 같은 것들이다. 스승의 날에 보내시는 스카프나 손수 만드신 카네이션 볼펜, 해외여행 후의 화장품 선물 같은 것도 포함된다. 소풍날의 교사 도시락은 학급 반장의 의무였다. 뭣도 모르고 주시니까 받았다. 제대로 한 살림 챙기시는 분들도 많이 봤다. 별명이 '샤넬'인 분에 관한 얘기를 들었는데 실제인지 확인할 길이 없다.

뭔가 답답했다. 박봉이지만 월급 받아 굶지 않고 살면서 굳이 안 받아도 되는 걸 받아가며 엄마들 입방아에 오르고 싶지 않았다. 홀로 조용히 '거절'을 시작했다. 거절엔 용기가 필요했다. 미안함과 민망함을 견뎌야 했다. 보내주신 것을 돌려보내면서는 수도 없이 '죄송하다'고 해야 했고 뭘 혼자 그렇게 깨끗한 척, 강직한 척하느냐는 동료들의 따가운 시선도 받아야 했다. 소풍 날 반의 아이가 수줍게 내미는 캔 커피 하나를 돌려보내면서도 구구절절 사연을 적은 포스트잇을 붙였고, 상담 오신 어머니들이 가지고 오신 것을 그대로 다시 들고 돌아가게 하는 어색한 상황을 만들기도 했다. 빈손으로 오시라고 상담 안내문에 빨간 글씨로 적어 놓아도 혹시나 해 꼭 들고 오신다. 빈말인 줄 아셨나 보다. 제주도 여행에서 사다 주신 감귤 상자를 돌려 드리자 거절당해서 너무 너무 서운하다며 눈물을 보이시던 분도 기억난다. 죄송하다며 고개를 수도 없이 숙였다. 어떤 마음으로 그 바쁜 여행지에서 그걸 사 오셨고 학교까지 들고 오셨는지 절절히 잘 알기에 더 죄송스러웠다. 마음이 안 좋았다. 그냥 받을 걸 그랬나. 받는 것보다 거절하는 게 더 힘든 거란 걸 그때 알았다.

엄마가 되고 보니 나도 감당하기 힘든 내 아이를 인내해가며 돌봐주시는 선생님에 대한 감사가 샘솟았다. 그걸 어떻게든 표현하고 싶었다.

그러나저러나 오만가지 감정은 뒤로하고 이제는 김영란법이라는 이름도 신기한 법 아래 살게 되었다. 가장 큰 변화가 학교에서 일어났다. 받는 사람은 물론이고 주는 사람도 처벌받는 이 엄격한 법 덕분에 동료 교사들끼리의 미묘한 신경전도 정리됐고, 주고, 받고, 돌려주고, 돌려받던 복잡다단한 프로세스들도 모두 사라졌다. 상담 주간에는 빈손으로 학교를 드나들고 스승의 날에는 아이들이 써온 편지만 받는 게 당연해졌다.

학교에 빈손으로 가도 되냐고 묻는 엄마들에게 '당연히 그래야만 한다'고 빵빵 큰소리칠 수 있어 좋고, 돌려주는 수고 안 해도 되어 좋다. 엄마로서도 스승의 날이 다가오면 애들 담임선생님께 드릴 선물을 고민하느라 머리가 빠졌는데 이제 하지 않아도 되어 좋다.

이게 다 여사님 덕분입니다. 건강하십쇼.

층간소음과 롤케이크

여기가 천국이구나.

눈물이 났다. 거실의 소파에 편안하고 깊숙이 몸을 뉘었다. 이제 아이들을 따라다니며 뛰지 말라고 잔소리를 해대거나, 일찍 재우기 위해 초저녁부터 불안해하지 않아도 된다. 이제 난 자유다. 새로 이사 온 나의 천국은 301동 103호. 여기 우리 집이다. 천국에서는 늦잠을 잘 수도 있고 하루 종일 집 안에 있어도 된다. 아이들이 무얼 하건 크게 신경 쓰지 않아도 되고, 집 안에서 공을 차거나 이불 위에서 레슬링하는 걸 보면서도 그저 깔깔 웃기만 하면 된다. 난 지금 5년째 천국 살이 중이다.

꼬박 2년을 지옥에서 살았다. 지옥에서 토요일 아침 늦잠은 사치였다. 눈을 뜨면 세수도 못하고 빈속으로 나서야 했다. 아래층 아주머니는 평일, 주말 가릴 것 없이 하루 종일 집을 지키는 우울증 환자였다. 조금 굼뜨게 준비하는 날이면 어김없이 인터폰과 핸드폰이 울려댔다. 정신없이 싸 들고 나간 볶음밥으로 끼니를 해결하고 공원으로 놀이터로 옮겨 다니며 금쪽같은 주말을 보냈다. 그게 힘들어 단독 주택인 시댁도 자주 갔다. 늦은 밤이 되어 차에서 잠든 아이들을 조심조심 안고 올라와 침대에 누이면 하루가 끝났다. 평일도 서럽긴 마찬가지였다. 퇴근길에 어린이집에 들러 아이들을 데리고 왔지만 집에 들어갈 순 없었다. 아이들이 배고프고 지칠 때까지 간식으로 연명하며 놀이터를 배회했다. 출근할 때 입고 나선 불편한 복장으로 놀이터를 지켰다. 아이들만 두고 자리를 비우는 게 불안했던 엄마는 옷 갈아입으러 잠시 집에 올라갔다오는 시간도 부담스러웠다. 블라우스에 스커트를 입고 놀이터에 앉아있는 저 아줌마 뭐지 하는 떨떠름한 시선은 익숙했다. 지금 같으면 스마트폰이 있어 덜 지루했을 텐데 수다 떨 동네 친구 하나 없던 나는 그 시간이 참 길

게 느껴졌다. 퇴근길에 사 들고 온 빵을 씹으며 놀이터가 부서지라 날뛰는 아이들을 보며 아들을 키운다는 것을 절절히 실감하고 있었다. 딸 엄마는 싱크대 밑에서 죽고, 아들 엄마는 길바닥에서 죽는다던데 이 상황을 두고 하는 말이 아닌 건 알지만 어쨌건 길바닥에서 죽게 생긴 건 마찬가지였다.

지옥을 탈출해보려 많은 노력을 했다. 케이크를 살 땐 꼭 두 개를 샀고 명절 때면 과일 상자를 챙겼다. 좋은걸 선물받으면 안 쓰고 잘 뒀다가 아이를 앞세워 아래층으로 갔다. 그렇게 하면 지옥도 그런대로 지낼만하지 않을까 하는 기대가 있었다. 신경질적인 얼굴로 그것들을 들고 들어가던 아줌마의 모습에 아이는 다시는 같이 가지 않겠다 했다. 아줌마의 인내심도 나의 불편하기 짝이 없는 일상도 한계에 다다랐다. 우리는 계획에 없이 집을 사기로 했다. 홧김에 사는 것 치고는 덩어리가 좀 컸지만 그만큼 절실했다. 그것도 모두가 말리는 1층집을. 얼떨결에 내 집이 생겼다. 매매 계약을 하고 이사를 준비하던 중 전화를 한 통 받았다. '층간소음분쟁조정위원회'에서 우리 아래층의 신고를 받았다며 상담 전화를 하신 거다. 내가 우울증이 심할 땐 이도 저도 아무것에도 의욕이 없던데 어째 아래층 아줌마는 매사 적극적이시다.

인자하고 차분한 음성으로 내 얘기에 귀 기울여주시는 상담 직원에게 심하게 수다를 떨쳤다. 우리 가족들이 얼마나 조심하고 지내는지, 거실 전체를 도배한 층간소음 매트가 무려 80만 원어치라는 것과 아래층에 가져다드린 음식 종류까지. 방언이 터졌다. '이분도 굉장히 힘든 직업을 가졌구나'라는 생각은 한참 뒤에야 들었다. 이사 예정이라는 나의 말에 안심하시길래 감사의 인사를 전하며 훈훈하게 통화를 마무리했다.

아이들이 집 안에서 편히 걷고 뛰고 놀기만 하면 소원이 없겠다는 마음 하나만으로 선택한 집이었는데 뜻밖의 기분 좋은 일이 하나 더해졌다. 처음으로 '갑질'을 할 수 있게 된 것이다. 내가 갑이라는 건 1층에 이사 간 첫날, 바로 알게 됐다. 어수선한 집을 정리하고 있는데 벨이 울린다. 딱 우리 애들 만한 남매를 앞세운 서글서글한 인상의 위층 아줌마였다.

"안녕하세요, 위층에 살고 있어요. 오늘 이사 오셨죠? 저희 아들이 여섯 살이에요. 조심시킨다고 하는데 남자아이라 어렵네요. 늦은 시간에 못 뛰게 하고 일찍 재울게요. 이해 좀 부탁드리겠습니다."

윗집 엄마의 손에는 롤케이크가 들려 있었다. 언제나 사다 바치던 그 롤케이크를 내가 받게 된 것이다. 엄마들이 주고받은 롤케이크는 뭐랄까 갑과 을의 상징처럼 느껴졌다. 난 갑이 되어 있었고, 을에게 취할 태도를 결정할 선택권이 있었다.

"아이고, 아이고. 걱정하지 마세요. 저희 애들 보세요. 저희 애들 뛰는 소리에 윗집 소리 들릴 새 없어요. 걱정하지 말고 괜히 애 혼내지 마세요. 저희도 다 겪어봤어요. 애가 무슨 죄에요. 밝게 키워야지요. 앞으로는 이런 거 안 주셔도 되니까 맘 편하게 지내세요."

처음 보는 아줌마 앞에서 또 방언이 터졌다. 우리는 금세 친해졌고 나의 천국을 부러워하던 윗집은 전세 만기를 기다려 1층집을 매매하여 이사 갔다. 그들도 우리처럼 천국에 입주한 것이다. 그 뒤로 두 집이 더 이사 왔고 나는 똑같은 방언을 하며 갑질을 즐기고 있다. 세 번째 윗집인 지금 가족은 고만고만한 아이가 셋인 것이 범죄라도 되는 양 멀리서도 나를 보기만 하면 고개부터 숙인다.

"많이 시끄러우시죠. 죄송해요."

냉동실에 있던 거라며 만두 한 팩을 들고 온 아기 엄마를 보며 왈칵 눈물이 났다. 아이를 셋이나 낳아 바지런하게 키우느라 고생하는 아기 엄마가 왜 죄인처럼 고개를 숙여야 할까. 나도 예전에 저런 표정과 모습이었겠구나. 그 모습이 짠하여 자꾸 눈물이 나, 서둘러 올려보냈다.

이제 난 진정한 갑질을 시작하겠다. '아기 엄마 힘내요'라고 예쁜 손글씨 메모를 붙인 케이크를 윗집 현관 앞에 살짝 가져다 두련다. '우리는 정말 괜찮으니 집에서 아이들 잔소리하지 말고 편하게 지내요' 라고도 쓸 거다. 이른 아침부터 콩콩 뛰어대는 세 명의 아이들 때문에 실은 그다지 괜찮지 않지만, 이 갑질을 즐기기 위해 나는 괜찮은 사람이 될 거다. 위층 아기 엄마와 그녀의 사랑스러운 세 아이에게 세상은 따뜻하고 이해받을 수 있는 곳이라는 걸 똑똑히 느끼게 해 주려 한다.

전업맘과 직장맘, 편 가르지 말아요

　아이의 친구 중에는 어김없이 말썽꾸러기가 있다. 친구를 괴롭히거나 주먹다짐을 하고 나쁜 말을 사용하며 끊임없이 친구를 놀린다. 언제나 이런 아이는 있다. 가끔은 내 아이가 바로 그 아이이기도 하지만, 대부분의 엄마는 내 아이보다 더 심각한 상태의 다른 어떤 아이가 있다고 느낀다. 누가 봐도 가장 문제인 아이의 엄마 역시 귀신같이 더한 아이를 찾아내고 저 아이보다는 우리 애가 낫다며 안도한다. 엄마라는 존재는 객관적인 시선만으로는 제정신으로 아이를 키워낼 수 없는 사람들이다. 문제의 그 아이는 같은 반 엄마들 사이에 조금씩 유명해져 가고, 입에 오르내리는 횟수가 잦아진다. 엄마들은 행여 내 아이가 피해를 보지 않을까 걱정하고 때론 진심으로 그 아이를 혹은 그 아이의 엄마를 걱정하기도 한다. 그러면서 궁금해하기 시작한다. 때마다 사고를 쳐대는 그 아이의 엄마는 도대체 어떤 사람일까. 아이의 문제를 알고는 있는 건지. 안다면 어떤 훈육을 하고 있는지. 아이의 난폭함의 원인을 찾아내기 위해 그 엄마를 분석한다. 때론 아이의 아빠나 형제자매에 관한 정보도 오고 가지만 엄마들이 관심을 가지는 가장 큰 이슈는 이 문제아이의 엄마가 집에 있는 엄마인지, 직장에 다니는 엄마인지 하는 것이다.

단 한 번도 서로의 것을 뺏으려 하거나 서로에게 직접적인 피해를 준 적이 없는데 대한민국의 엄마들은 큰 선을 그은 채 전업맘과 직장맘으로 나뉘어 서 있다. 전업맘과 직장맘들은 무수한 신경전을 반복하며 긴 시간 견고하게 맞서 있다. 시작은 비슷했지만 꽤 멀리 떨어져 있다. 언제든 전업맘에서 직장맘으로 혹은 그 반대가 되기도 하지만, 그들 사이의 이해 폭이 넓어지기 보다는 상대에 대한 부러움과 내 상황에 대한 아쉬움이 혼재되어 한층 복잡해진다. 결혼 전까지만 해도 비슷비슷한 고민을 하며 지냈을 우리가 어쩌다 서로에게 상처를 주는 사람이 됐을까. 전업맘이든 직장맘이든 정답이 없는 선택지 앞에서 내 결정이 잘한 것일까를 끊임없이 되물어 가며 후회와 만족을 반복하는데 이런 나를 위로해주는 건 나와 같은 편에 선 엄마들일 때가 많다.

양쪽을 모두 경험할 수 있었던 나는 분명 행운아다. 겪고 느낀 바를 나눌 수 있는 것 또한 대단한 행운임이 틀림없다. 각자의 위치에서 그들을 더 깊이 이해하고자 몇 자 적어본다.

전업맘의 하루

시간을 아이에게 몰빵한다. 일과가 아이의 학교, 학원 스케줄에 맞춰져 있다. 아침 시간은 오롯이 등교 준비에 사용된다. 아이가 학교생활에 적응할 때까지 등굣길에 동행하거나 가는 모습을 지켜본다. 하교도 마찬가지다. 아이가 돌아오기 전까지 할 일이 많아 바쁘다. 아이가 학교에 있는 동안 엄마들끼리 커피 약속이 종종 잡히고, 점심을 함께하거나 아이들 옷 사러 동행하기도 한다. 문화센터에 등록해 수업을 듣기도 하고, 병원 진료나 마트 장보기도 주로 이 시간에 이루어진다. 동네에 친한 엄마가 없으면 외롭기도 하고 홀가분하기도 하다. 아이들 돌아올 시간이 되면 마음이 슬슬 분주해지면서 오늘 간식은 뭘 준비할까를 고민한다. 학교 근처를 어슬렁거리거나 집에서 기다리다 아이를 만나 간식을 먹이고 '오늘 학교에서 어땠어?'라는 식상한 질문을 매일같이 던진다. 아이에 따라 다르지만 그래도 들어주는 엄마가 있어 적게든 많게든 대화를 나눈다. 학원에 보내놓고는 저녁 준비를 한다. 냉동실의 고기는 미리 녹여 놓았고, 반찬거리도 틈틈이 사다 날라놨기 때문에 큰 어려움 없이 한 끼를 차려낸다. 학원 마치고 돌아온 아이와 퇴근한 남편과 저녁을 먹은 후 설거지를 하면서 아이 숙제를 봐준다. 알림장을 일찌감치 확인했기 때문에 마음의 여유가 있어 한밤중에 난데없이 문구점에 뛰어가는 일은 드물다. 살뜰히 아이를 돌보지만, 그만큼 보상심리도 강해서 아이의 성실하지 않은 모습이나 반항에 크게 폭발하는 경향이 있다. 식사 준비에 많은 시간과 정성을 쏟는 편이며 간식거리도 상대적으로 훌륭하다. 아이들 학원 정보가 많고 시간 날 때마다 학원 상담을 받으며 미래에 다닐 학원을 점찍어 두기도 한다. 전업맘들끼리의 유대가 강하고, 학교 봉사활동을 자주 하며 얼굴을 익히고 친하게 지내는 편이다. 아이가 저학년일 때는 아이 친구를 집에 초대해서 놀게 하거나 키즈카페에 동행하여 아이가 친구들과 놀 기회를 자주 만들어준다.

직장맘의 하루

애 엄마라고 지각하고, 일 못 한다는 소리 듣기 싫어 부지런을 떨어대지만 번번이 실패다. 아이의 등교와 엄마의 출근 준비가 동시에 이루어지기 때문에, 화장하고 옷을 챙겨 입으면서 아이의 옷을 챙기고 아침밥을 먹인다. 그러는 사이 아이의 준비물을 깜빡 잊고 못 챙기거나 아침 밥상이 부실해지거나 하는 일이 종종 있다. 늘 시간에 쫓기기 때문에 아침이면 아이들에게 빨리 일어나라고 혹은 빨리 밥 먹으라고 고함을 지르기 일쑤다. 시어머니, 친정어머니, 친정 언니, 동생 등 도움받을 수 있는 인력은 최대한 동원하여 엄마의 빈자리를 채우려 애쓴다. 오전 시간의 반 모임은 참석하기 어렵지만 아이 1학년 땐 반차를 쓰고라도 참석하는 적극적인 경우도 있다. 담임선생님과의 상담 주간이 되면 반차를 내고 교실을 찾아가 "제가 직장에 다니느라 아이를 잘 못 챙겨서 미안한 마음이 있어요. 바빠서 학교 봉사 참여도 못 하네요. 부족한 우리 아이 잘 좀 부탁드려요 선생님"을 두세 번 반복해가며 때로 눈물도 보인다. 아이는 돌봄교실이나 방과 후 수업, 학원 등을 오가며 오후 시간을 보내고 엄마의 퇴근 시간과 엇비슷하게 하교한다. 엄마는 칼퇴근을 위해 온종일 동동거리며 일하다 달리듯 귀가하지만, 집에 들어설 때까지도 "집에 언제 오냐"는 아이의 전화에 시달린다. 배고파하는 아이를 위해 냉장고를 채워두고 냉동 핫도그를 레인지에 데우는 법을 일러두었지만 아이가 원하는 건 엄마라는 걸 알기 때문에 늘 미안하다. 집에 들어서면 외투도 못 벗고 아이를 마주하고, 못다 한 얘기를 나누며 분주하게 냉장고를 뒤져 반조리 혹은 냉동식품을 찾아내 저녁을 차린다. 뒤늦게 학교와 학원의 숙제를 챙기다가 알림장의 준비물을 발견했을 땐 이미 문구점의 문이 굳게 닫힌 시간일 때도 많다. 가사 도우미를 따로 부르지 않는 한 집은 늘 엉망이라 그 어떤 외부인도 출입 금지다. 주말에 몰아서 청소하긴 하지만 정리가 잘 되어 있지 않다. 주말의 주요 일과 중 하나는 대형 마트에 가서 장보는 일인데 조리가 쉽고 간편하며 아이들 입맛에 잘 맞는 반조리 식과 아이 간식으로 적당한 아이템을 넉넉히 사둔다. 가장 부족한 건 돈이 아닌 시간이기 때문에 기꺼이 비용을 지급한다.

보고서를 작성하듯 둘을 분석하고, 비교하는 일을 열심히 한 건 한 가지 이유다. 글을 읽는 이가 '나만 그런 건 아니라서 정말 다행이야'라는 마음이 들었으면 좋겠다. 안도하고 위로받으며, 짊어지고 있는 무거운 죄책감과 부담을 조금이라도 내려놓고, 양쪽으로 나뉘어 서로를 바라보는 전업맘과 직장맘들의 벽에 '이해'라는 시다리가 놓여지길 간절히 바란다. 그것이 굳이 이렇게 머리 쓰고 시간 써가며 모니터에서 눈을 떼지 못하는 이유다.

늙었다는 말을 허하소서

주일 예배만 간신히 드리기도 벅찬 내게 친정엄마가 동네 작은 교회의 수요예배를 권하셨다.

"꼭 가봐라. 세상에, 평일 저녁 시간에 교회에 젊은 사람들이 얼마나 많은지 그것만 봐도 그냥 막 은혜롭더라."

많다던 그 청년들을 보기 위함은 아니었지만, 엄마의 권유에 솔깃하여 순순히 수요일 저녁, 교회로 향했다. 희끗희끗한 어르신들이 군데군데 자리를 지키고 계신 수요 저녁 예배만 기억하는지라 젊은 사람들이 많다는 사실은 호기심을 자극했다. 요즘같이 바쁘고 어려운 세상에 젊은 사람들이 수요 저녁 예배에 나온다면 뭔가 특별한 게 있을 것이다. 그 특별함을 알아내겠다는 각오와 게으른 신앙생활에 활기를 불어넣고 싶은 마음. 르포 취재를 나서는 시사 프로그램의 피디가 되어 발걸음에 힘을 주었다. 문을 열고, 빠른 속도로 그 '젊은 사람'들을 찾아내기 위해 눈을 굴렸다.

많다던 청년들은 다 어디 갔을까. 한 주 사이 이 교회에 휴거가 일어난 걸까. 내 눈에 보인 청년은 찬양 인도를 하던 30대의 남자 전도사님과 드럼을 치던 20대 대학생으로 보이는 이. 둘 뿐이었다. 실례를 무릅쓰고 아담한 예배당 구석구석을 조금 더 꼼꼼히 살폈지만 아무리 살펴도 청년은 오직 두 사람뿐이었다. 젊은 사람들은 바쁘니까 좀 늦게 오려나, 기다려도 끝내 들어오는 이가 없다. 설마, 하는 마음에 한 번 더 살폈다. 나보다 훨씬 연세가 높아 보이는 머리가 희끗희끗하신 4, 50대 아저씨, 아줌마들이 열심히 찬양을 부르고 기도하고 계셨다. 호기심이 생기면 풀어버려야 다른 일을 할 수 있는 나란 사람은 예배에 집중할 수 없었다. 젊은 사람들은 어디로 간 걸까. 순간 머리를 스치는 생각. 저들이 혹시? 그렇다. 그들이 엄마가 말씀하셨던 젊은 사람들이었다. 지긋한 연배의 집사님, 장로님들은 엄마에게 '젊은 사람들'이었다. 그들이 스무 명 남짓 모여 예배드리는 모습을 보고 엄마는 '젊은 사람들이 많다'고 했던 것이다.

엄마가 늙었다.

엄마라는 존재는 언제나 나보다 더 먼저 늙어가고 있는 게 당연한 사람이다. 그런데도 그 늙은 사람이 새삼스레 진짜로 '늙었다'고 느껴져서 당혹스러웠다. 50대도 젊은 사람으로 분류하는 나이가 되어버린 엄마는 이제 제대로 늙은 거다. 그런데 10년쯤 지나고 나면 엄마는 60대 할머니들을 보고도 젊은 사람이라 할 텐데 도대체 '젊다'와 '늙었다'는 기준은 누가 어떻게 정한 건지 모르겠다.

"요즘 40대 엄마들 보면 너무 예뻐, 그냥. 어쩜 이렇게 상큼할까."

하루가 다르게 늙어가고 있는 거울 속의 나를 보는 건 정말 유쾌하지 않은 일상인데 그런 내게 불쑥 말씀을 건네시고는 환하게 웃으신다, 뿌리 염색할 때마다 들르는 미용실 원장님이 웃으신다. 아직 40대는 아니지만 예쁘지도 상큼하지도 않은 내게 칭찬을 건네신다. 나역시 30대 초반의 풋풋하고 상큼한 애기엄마들을 보면 대학생들이 아기를 낳아 키우고 있는 것 처럼 한없이 어려 보인다. 전쟁 같은 육아에 시달리는 중인 그녀들의 얼굴은 생기 하나 없이 무표정하지만 그런데도 내 눈엔 참 예쁘다.

기준조차 말할 수 없이 애매한 단어 하나가 일상을 지나치게 지배하고 있는 느낌이다. 오랜만에 만난 친구에게 '너도 늙는구나' 혹은 '많이 늙었구나'라는 말을 듣고 나면 꽤 오랫동안 기분이 좋지 않다. '야, 너는 늙지도 않냐'라는 시샘 섞인 멘트에는 두둥 날아다닌다. 듣기 좋은 말을 했을 뿐이라는 걸 알면서도 말이다. 하루하루 늙어가는 게 지극히 정상적이고 건강한 삶의 증거임에도 여전히 나를 표현하는 형용사로는 받아들이기 어려운 단어. 제발 내 평생에 '너도 많이 늙었네'라는 말은 듣게 되지 않기를 바라며 조마조마 살고 있다(사실 이미 듣긴 했다. 팍 상했지만 그 말을 하던 그 친구가 훨씬 더 늙어보였기 때문에 기분이 그다지 나쁘지 않았다). '늙었다'라는 평범한 형용사는 동안을 강요하는 사회에 금기어가 되었다. 스스로를 표현할 때 외에는 입에 올리지 말아야 할 예민하고 조심스러운 무언가가 되어버렸다. 이러다 사용빈도가 점점줄어들어 아예 사전에서 없어지지는 않겠지. 별게 다 걱정이 된다.

아이 스스로 하게 하는 법

육아나 교육에 관한 솔루션, 해법 같은 것을 조언할 위치에 있는 사람은 아니라고 솔직하게 고백하고 싶다. 하지만 교직 경력이 더해지고 쓴 책들이 늘어나고 아이들의 성장이 더해지다 보니 의도치 않게 누군가에게는 영향을 주게 된다. 말에 무게가 더해지는 것이다.

"아이들을 키울 때 가장 중요한 것이 무엇일까요"라는 질문에는 선뜻 자신이 없지만 "무엇을 가장 중요하게 생각하며 키우고 계신가요?" 라고 묻는다면, 답할 수 있다. 경험과 독서. 이 두 가지. 나를 키운 두 가지, 우리 아이들을 키워줄

두 가지. 나와 나의 아이들이 죽을 때까지 놓지 않기를 바라
는 두 가지에 대해서만큼은 할 얘기가 많다.

경험

시골에서 나고 자라 학창 시절을 보냈다. 어중간한 규모
의 소도시, '시내'에서 멀리 떨어져 있지 않은 3층짜리 빌라
에서의 일상은 단조로움을 의미했다. 철도 공무원이셨던 아
빠는 일평생 같은 시간에 출근, 퇴근을 하셨고 나 역시 늘 어
제와 오늘이 비슷한 일상으로 학창 시절을 보냈다. 단조로운
일상에서 내가 할 수 있는 일 중 가장 매력적인 일은 머릿속
상상의 세계를 뭉게뭉게 키워가는 것이었다. 틈만 나면 턱을
괴고 먼 나라에 다녀왔다. 야간 자율 학습시간이 시작 되면
책상 가운데 보기 좋게 수학의 정석을 펼쳐 놓고 한참을 먼
나라 구경을 하다 왔다. 그러다 떠오른 괴상한 문장들을 드
문드문 다이어리에 적어 놓고 흐뭇해하는 일이 나의 중요한
일과였다. 사정 모르는 부모님은 늦게까지 책상에 앉아 있
는 날 보며 흐뭇하셨겠다. 상황을 조금 더 정확히 말하자면
당시 내 일상에는 이를 제외한 다채로운 일이 별로 없었다.
단조로운 일상과 다채롭지 않은 색깔의 학창 시절은 다양한

경험을 하고 싶다는 욕구를 폭발시켰고 이후에 아이를 키우는 사람으로서의 묵직한 기준이 되었다.

　엄마인 내가 잊을만하면 한 번씩 질러대는 소리가 있다.

　"엄마는 너희들의 일을 대신해주는 사람이 아니야. 너희들이 도저히 할 수 없는 일이 생겼을 때 도움을 주는 사람이지. 뭐든 일단 혼자 시도해봐."

　경험을 많이 시켜주라고 하면 엄마들은 부담스러워 한다. 온갖 수선을 떨고 카드빚을 내가며 해외여행 다녀오는 것을 아이가 겪는 경험의 전부라 생각하기 때문이다. 그럴 여유가 없는 엄마들은 자책하고 실망한다. 해외여행은 아이에게 줄 수 있는 경험 중 아주 작은 부분일 뿐이다. 그래봤자 아이의 10년 인생에 열흘도 되지 않을 적은 시간이다. 그렇게 무리하게 해외로 떠난 엄마들은 또 자괴감에 시달린다. 한국인밖에 없는 리조트에서 한국인 직원의 도움으로 편히 지내다 온 휴양이 아이에게 무슨 의미와 경험이 되었겠냐며 이건 이도 저도 아니고 돈만 쓴 것 같다며 씁쓸해한다. 배낭을 둘러매고 발이 부르트도록 걸으며 길 위의 현지인에게 지도를 펼쳐 길을 물어보는 것만 제대로 된 경험이라는 환상을 가진 듯하다. 단언컨대 절대 그렇지 않다. 자주 가는 우리 동네의 식당에서건 여행지의 조식 뷔페에서건, 포크 하나라도 직접 가서 달라고 부탁하고, 화장실이 어디인지 직접 물어보는 일상의 작은 경험이 아이를 성장시킨다. 화장실에 가고 싶다면 부모에게 말할 것이 아니라 직접 가서 위치를 물어보는 아이로 키워야 한다. 부모는 그런 아이를 멀찍이서 지켜보다가 화장실을 알아낸 아이가 함께 가달라고 할 때 발을 떼면 되는 거다. 아이를 한둘 키우는 가정이 대부분이다 보니 부모는 아이에게 필요한 것들을 직접 해줄 수 있는 마음의 여유가 있다. 그게 아이들의 경험을 차단하는 결정적인 요소가 되어 버렸다. 엄마가 해줄게, 라는 말이 아이를 향한 사랑의 표현이 아니다. 혼자 한 번 해보자, 라는 말을 건넨 후 아이의 용기와 시도에 따뜻한 응원의 눈빛을 보내는 것. 그것이 부모의 역할이라고 생각한다.

내 아이들은 영어를 말하지 못한다. 읽기는 그럭저럭하는데 말을 못 한다. 그렇지만 외국 어디에서도 필요한 것들을 못 구해온 적이 없다. 알고 있는 영어 단어를 조합하든 한국말로 들이대든 몸짓, 손짓으로 애를 쓰든 구해올 때까지 남편과 나는 마냥 기다린다. 외국의 식당에서는 결제도 아이들이 한다. 내가 할 일은 아이들이 들고 돌아온 카드를 챙기고 영수증의 금액을 확인하는 일. 틀려도 괜찮다. 그럴 때 필요한 게 부모다. 아이들은 영수증을 받아들고 나가면서 땡큐, 라고 크게 외친다. 거스름돈을 받아오고 화장실을 알아내어 볼일을 보고 물티슈도 얻어낸다. 부모 없이 세상 어디에서 누구를 만나도 필요한 것은 스스로 챙겨 그것을 얻어내기 위해 애를 쓰는 경험, 그게 진짜 공부다. 일부러 좀 부족하게 일부러 더 강하게 일부러 굳이 돌고 돌아 걸어가게 하는 것, 부모가 자식에게 줄 수 있는 가장 큰 유산 아닐까. 모든 것을 해줄 수도 있는 존재지만, 어떤 것도 쉬이 해주지 않는다. 그렇게 키우고 있다.

독서

전쟁이다. 집집마다 만화책과의 전쟁이다. 그냥 만화책이면 확 뺏고 못 보게 해버리면 속이 시원할 텐데 학습 만화다. 슬쩍 들춰보니 방대한 주제들에 내용도 알차다. 무엇보다 이것을 안 보는 아이가 없다. 엄마는 헷갈린다. 언제까지 만화책만 보는 걸 그냥 두어야 할까, 학습 만화니까 괜찮은 걸까, 만화책도 책이니 책을 좋아한다고 해야 하는 걸까 아닌 걸까. 기다려주면 자연스레 글 밥 많은 문학 작품으로 넘어가는 줄 알았는데 그렇지만도 않다.

아이가 처음 한글을 떼고 더듬더듬 학습 만화를 읽기 시작하면 기특함에 표정이 환해져 애가 원하는 학습만화들을 주저 없이 사다 나르기 시작한다. 때마침 홈쇼핑에서 판매 중인 《와이책》 전집을 덜컥 주문하거나 중고 서점을 뒤져 알뜰하게 자체 세트 구성을 만들어내기도 한다. 거기서 끝이 아니다. 《살아남기 시리즈》, 《퀴즈 과학 상식》, 《빈대 가족 시리즈》…. 출판사에서 경쟁적으로 만들어내는 시리즈들이 넘쳐난다. 서점이나 도서관에 데리고 가면 당연하다는 듯 학습만화 코너로 달려가는 아이들. 책이니까 사줘야 할 것 같은데, 만화책이라 탐탁지는 않다. 가만히 열심히 책보는 모습이 예쁘다 싶다가도 허구한 날 만화책만 붙잡고 있는 꼴은 맘에 들지 않는다. 그렇다고 만화책을 못 보게 하면 그나마도 읽던 책을 놓아버릴 것 같아 불안하다. 만화책이지만 예상보다 훨씬 많은 양의 상식과 정보들이 실려 있기 때문에 그것을 읽음으로 얻는 유익도 상당하다.

간신히 만화책을 떼고 글 책으로 넘어가도 걱정은 끝나지 않는다(어차피 엄마의 주 업무는 자식 걱정이기 때문에 정해진 양만큼의 걱정을 하며 살아간다. 걱정 가짓수 보존의 법칙이랄까. 걱정의 소재가 사람마다, 시기마다 차이가 있을 뿐이다). 아이의 독서량은 대부분 엄마의 기대에 못 미치고 그나마도 재밌다고 붙잡고 있는 책들은 필독 도서나 권장 도서보다는 흥미 위주의 책들일 뿐이다. 고학년이 될수록 게임 시간은 늘어나고 학원은 늦게 마친다. 하루에 30분 독서도 버겁다. 그렇게 점점 책과 멀어져 간다. 어린 시절 아직은 엄마가 왕일 때 엄마의 강요에 못 이겨 읽던 책을 학원 숙제를 핑계로 서서히 놓게 되는 것이다. 당장 학교 시험을 앞두고 준비해야 할 시간에 책을 읽히는 것도 엄마로서는 고민거리다. 현실이다. 우리 아이는 책 읽을 시간이 정말 부족하다. 신나게 흠뻑 노는 것도 아니면서 책 읽을 시간이 턱없이 부족하다.

타고나길 책을 좋아하는 아이도 있다. 물론 가끔이다. 대부분은 책보다 더 흥미롭고 자극적인 볼거리들에 눈과 마음을 뺏기고 서서히 책과 멀어져 간다. 책을 매우 좋아하는 아이와 책이라면 도망가 버리던 두 아이를 키우고 있는데 결과적으로 현재까지는 두 아이 모두 틈만 나면 책을 붙잡고 지내게 되었다. 책 말고는 할 게 없는 심심한 집에 사는 이 아이들은 한참 웃통을 벗고 씨름을 하다 말고 갑자기 돌아누워 각자 책을 읽는다. 거실엔 어디나 책이 널려 있으니 재미있어 보이는 아무거나 붙잡고 일단 읽는다. 그러다 눈이 맞으면 또 레슬링을 하고, 서로를 소파에 집어 던진다. 소파에 던져진 김에 소파 위에 있던 책을 또 집어 든다. 한 명이 읽기 시작하면 대결 상대를 잃은 나머지 한 명도 따라 책을 읽는다. 책을 싫어하던 아이까지도 책을 읽게 된 것이다. 엄마라는 사람은 아이들이 서로를 던져대는 소란스러운 때에도 소파 한쪽에 앉아 책을 읽고 있다. 마치 홀로 진공관 안에 들어앉아 있는 사람처럼 아이들이 던진 쿠션을 팔뚝으로 막아내며 좁은 거실에서 버텨냈다. 책이 재미있기도 했고 책 읽는 모습을 보여주고 싶기도 했다. 그러다가 정말 책이 많이 좋아졌고 읽다 못해 쓰게 되었다. 나를 따라 책을 읽던 아이들은 이제 나를 따라 글을 쓴다. 수준에 못 미치지만 100쪽짜리 원고를 떡하니 만들어놓고 어서 책으로 만들어달라고 졸라댄다. 개인 출판 서비스를 이용하여 아이의 첫 번째 글을 책으로 만들어주는 프로세스를 시작했다. 뭐든 열심히 하면 원하는 결과를 얻을 수 있다는 경험과 성취감을 선물해주고 싶다.

우리 시어머님은 동시대를 살았다면 내가 정말 부러워하는 '옆집 엄마'였을 것이다. 부러운 점이 많다. 100번 넘는 맞선을 보다가 마침내 운명의 상대를 만난 행운의 노처녀라는 점, 그렇게 만난 남편의 노골적인 사랑 표현을 듬뿍 받으며 지금껏 함께 지내고 계시는 점, 무엇보다 부러운 건 아들만 둘인데 둘 다 학창 시절 기가 막히게 똘똘한 학생이었고 지금은 모범적인 가정들을 일구고 있는 효자들이라는 점이다. 어쩌다 찾아온 행운이 아님을 안다. 종류도 다양한 장사를 하시느라 일평생도 모자라 지금까지도 워킹맘 생활을 당연한듯 해내고 계시다. 그래도 자식을 바르게 키워 내고 싶은 열정만은 가득하셨는데 가게에 앉아 계시다가 아이들 하교 시간이 되면 책을 꺼내 읽는 시늉을 하셨다고 한다. 뭘 그렇게까지, 하고 웃어넘겼는데 어느새 내가 그러고 있다. 부모의 책 읽는 모습은 그 자체가 가진 엄청난 힘이 있기 때문이다. 너무 책을 읽기 싫은 날은 책을 펴고 읽는 척만 한다. 책장 사이에 스마트폰을 끼워놓고 쇼핑몰의 원피스를 구경하기도 했다. 들킨 적은 없다(알지만 모른 척해주는 것일 수도). 그렇게라도 책을 붙들고 있는 모습을 보여 주고 싶었다. 책이라는 것이 언제든 펼쳐서 재미있게 읽을 수 있는 물건이라는 걸 알려주고 싶었다.

나의 어떤 이야기도 일반화되기를 원치 않는다. 누군가

가 이 글을 읽고 '이렇게 키우고, 이런 생각을 하는 사람도 있구나'정도만 생각해주면 좋겠다. 때로 부모가 한 글자도 읽지 않는 집에서 엄청난 책벌레가 탄생하는 경우가 있을 수 있고, 더 가끔은 부모만 책벌레인 집도 있을 것이다. 한 아이를 키워내는 일에 정답이 있다는 것만큼 위험한 생각이 어디 있을까. 다만 정답을 찾아가는 길 위에서 헷갈리는 누군가에게 오른쪽 길로 조금만 더 가면 약수터가 있고 쉴만한 벤치도 곧 나온다는 걸 살짝 일러주는 사람이길 바라본다.

· 감사의 말 ·

엄마로, 교사로, 여성으로 겪으며 느꼈던 감정과 일상이 글이 되고 책이 되었습니다. 이 모든 과정의 시작이자 전부인 남편 이성종과 두 아들 이규현, 이규민에게 넘치는 애정을 담아 감사를 전합니다. 식탁에 앉아 노트북을 끌어안고 끙끙대는 아내, 엄마를 한결같이 번잡스럽게 응원해주던 세 사람 덕분에 웃으며, 행복하게 쓸 수 있었습니다. 언제나 기도로 응원해주시는 양가 부모님, 책이 나올 때마다 열심히 오타를 찾아내 주는 믿음직한 가족들에게도 지면을 빌어 감사드립니다. 휴직, 복직, 병가를 반복하며 근근이 교직을 이어가던 저 때문에 무수히 많은 인사 업무를 처리하셔야 했던 근무 교의 교장, 교감 선생님께도 진심을 담은 감사를 표합니다. 함께 작업했던 시간 내내 넘치는 열정과 응원으로, 제 글이 책이 될 수 있게 도와주신 가나출판사와 서선행 팀장님께도 깊이 감사드립니다.

이 책에 등장하는 모든 주변인의 이름은 실명입니다. 불쑥 등장한 그들의 이야기를 너그러이 이해해주리라 믿지만, 행여나 불평할 수도 있으니 그러지 못하도록 미리 그분들께도 깊은 감사의 말씀을 전합니다.

누군가에게 읽힐 글을 쓰고 있다는 것만으로 충분히 행복한 시간이었습니다. 시간을 내 제 글을 읽어주신 모든 분께 감사 인사드립니다. 훗날 제가 더 열심히 더 좋은 글을 쓰는 사람이 된다면 지금의 글을 읽어주신 여러분 덕분일 것입니다.